KB059883

죽음은 예술이 된다

죽음은
예술이 된다

강유정 에세이

북바이북

스몰 아워의 고백

글, 책과도 인연이 있다. 사람 사이에 사연과 끈이 있듯이 말이다. 하루하루 살아가면서 점점 더 우연한 만남이나 일회적 만남의 무게를 더 크게 느끼게 된다. 우연이 먼 훗날 대단한 일의 시작이 되기도 하고, 일회적 만남이 생의 회로를 옮겨놓기도 하기 때문이다.

삶이라는 게 놓여진 선로와 닮아 있으면서도 또 그렇지 않아서, 꼭 생각한 것처럼 가는 것만은 아닌 듯싶다. 그러나 대개는 경부선 열차를 타면 서울에서 출발해서 경부선 철로변 어딘가에 놓인 플랫폼에 내리게 된다. 경부선 열차를 타고 호남선에 가 내릴 일은 없는 것이다. 만일 그런 일이 생긴다면 우리는 그것을 두고 사고라고 부른다. 사고는 그렇게 예측하지 못한 어떤 일이다. 반면, 우연이란 때로는 충분히 예측 가능했던 어떤 일이라고 말하고 싶다.

그런데, 삶에서 죽음은 필연이다. 누구나, 어디에서나, 언제든 꼭 죽게 되어 있다. 모두가 다 알고 있다. 언젠가 죽게 되리라는 것을. 하지만 모두가 또 모른 척한다. 우리가 언젠가 죽게 되리라는 것을. 그래서 죽음은 아무리 예견되어 있었던 것이라 할지라도 모두에게 우연 혹은 사고가 된다. 삶의 넓은 계획표에서 보자면 그저, 시작된 이야기의 끝이겠지만, 나에게 그런 일이 닥치면 그저 스크린 속 이야기의 끝을 보듯 덤덤할 수만은 없는 노릇이다.

살아봐야 안다는 어른들의 말을 무척 싫어했지만 살아보니 더 많은 것을 보고, 알게 되는 것도 사실이다. 가령, 난 아이들이 험난한 세상 앞에 내동댕이쳐지는 그런 영화들을 볼 때마다 너무 상투적으로 사람의 감정을 끌어내려 하는군, 하며 시큰둥해했다. 하지만 조금씩, 하루하루 더 살아가면서, 아이란, 아이들이란 정말이지 너무도 소중한 무엇이라는 것을 배워간다. 아이는 그러니까 하나의 메타포인 셈이다. 삶에서 너무나 소중한 무엇, 그래서 다른 것, 비슷한 것과는 대체할 수 없는 절대적인 것의 은유 말이다.

아주 어린 시절부터, 해피엔딩보다는 새드엔딩에 끌렸고,

산산이 부서진 사람들의 삶에 마음이 끌렸다. 해피엔딩으로 바꾼 안데르센의 동화 『인어공주』는 아예 기억에서 지워졌다. 인어공주는 거품이 되어야 한다. 디즈니 애니메이션에서처럼 행복하게 살아가는 건 인어공주가 아니다. 인어공주는 말하지 못한 사랑을 품고 거품이 되어야 한다.

부재라는 말에 무작정 끌린 이유도 비슷했을 것이다. 어떤 사물의 그림자, 머물렀던 자리의 온기, 해 질 무렵의 서운함, 울음이 타는 가을 강을 좋아했다. 내게서 멀어져가는 것들, 사위어가는 것들, 지는 것들, 점차 사라져가는 것들 말이다. 어느 가을 깊은 저녁, 부석사 무량수전 앞에 내리는 한 줄기 석양빛처럼.

세상엔 삶의 순간을 기억하는 많은 예술들이 있지만 그 이상으로 죽음을 기록하고, 기억하고, 재현하는 예술들이 많다. 모네는 생애 내내 눈앞에 현현하는 빛을 잡아내려 했지만, 아내의 죽음 앞에선 스스로 모든 빛을 거둬낸다. 모네에게 있어 죽음이란 그렇듯이 빛의 꺼짐이었다. 그렇다면 아마도 삶은 조해진 작가의 말처럼 "빛의 호위"이리라.

에이즈에 걸려 죽음이 다가온 한 남자, 쟝이, 떠오르는 태양을 바라보며, "나는 살아 있다."라고 외치는 순간(〈새비지 나이트〉), 몸을 완전히 쓸 수 없게 된 여성 복서에게 넌 나의 "모쿠슈라"(나의 소중한, 나의 혈육, 〈밀리언 달러 베이비〉)라고 속삭이는 순간, 한 번도 바다를 본 적 없던 말기암 환자가 마침내 바다에 닿아 천국의 문을 두드리는(〈노킹 온 헤븐스 도어〉) 바로 그 순간, 그렇게 어둠과 빛은 하나가 되고, 죽음과 삶은 뒤섞여 예술이 된다. 죽음이 예술과 몸을 섞어 다른 무엇으로 현현하는 그 작은 시간들, 스몰 아워small hour. 빛도, 어둠도 아닌 밝은 밤, 그런 밤에 이 글을 쓴다. 황혼은 길고, 밤은 깊고, 아침이 오기 전까지의 깊은 새벽, 스몰 아워는 속삭인다.

이 모든 인연의 처음이자 현재인, 편집자 오효영에게, 진심 어린 감사를 전하고 싶다. 무척 소중한 우연이 인연이 되었으므로. 감사라는 말이 좀 작다.

2017년 8월 혹독한 더위 가운데서
강유정

차 례

Chapter 1

사랑의 보랏빛 그림자

사랑을 위해 죽다

순교, 순국, 순애. 순殉. 믿음을 지키기 위해 죽고, 나라를 지키기 위해 죽고, 사랑을 지키기 위해 죽는다. 이건 사람만이 할 수 있는 일이다. 즉 사람만 나라나 종교, 사랑을 위해 죽을 수 있다. 국가나 종교는 본능이 시키는 물리적이며 생물학적 행위가 아니라 매우 정신적인 행위이기 때문이다. 베네딕트 앤더슨이 말한 '상상의 공동체'처럼, 국가란 머릿속에 자리 잡고 있는 하나의 이념 아니었던가? 종교는 어떤가. 인간의 생각이 만들어낸 어떤 이념이 아닌가?

○

그런데, 생각해보면 이 '순'의 세계에 사랑이 있음이 특별하다. 사랑을 위해 죽는다. 그렇다면 사랑 역시 국가나 종교처럼 이념적이며 관념적인 무엇일까? 종족 번식이나 종의 유지를 위한 물리적 행위가 아니라 정신의 우물에서 끌어올린 관념의 세계인가. 우리는 사랑을 종종 두 가지로 나누곤 한다. '에로스'와 '아가페'로 나누는 것이 그 대표적인 이분법일 테다. 이렇게 나뉜 사랑은, 육체를 위한 사랑과 정신을 위한 사랑으로 분리되곤 한다.

따지고 보면, 육체를 위한 사랑이란 곧 종족 유지를 위한 사랑이라고 말할 수 있다. 나와 닮은 유기체를 이 세상에 남김으로써, 나의 유기체로는 영원히 누릴 수 없는 이 삶을, 나의 유전자 정보를 나눠 가진 개체를 통해 대신 누리는 것 말이다. 그러므로 이는 곧 본능, 살과 피를 가진 동물이라면 누구나, 아니 생명을 가진 것이라면 모든 것이 가지고 있는 숭고한 자연의 순리다.

하지만, 순애의 대상이 되는 사랑은 좀 다르다. 순애는 살아남아 자신의 유전자 정보를 다음 세대에 남기려고 하는 본능에 위배되는 행위다. 이는 매우 정신적인 행위이며, 따라서 인간만이 할 수 있는 행위다. 우리는 문학사에서 이렇듯 사랑을 위해 죽은 여러 사람을 본 적 있다. 사랑을 지키기 위해, 죽음의 세계로 뚜벅뚜벅 걸어 들어간 연인들 말이다.

○

사랑을 위해 죽은 연인의 대표적 예는 바로 셰익스피어의 희곡 『로미오와 줄리엣』에 등장하는 로미오와 줄리엣이다. 한때, 고민에 빠진 적이 있다. 왜 『로미오와 줄리엣』은 셰익스피어의 4대 비극에 속하지 않을까. 고민 끝에 얻은 결론은 로미오와 줄리엣은 비극의 주인공이 아니라는 것이다. 즉 두 사람은 서로가 원했던 것을 좌절당한 인물이 아니라 원했던 것을 쟁취한 인물들인 셈이다.

로미오와 줄리엣은 서로에게 첫눈에 반한다. 하지만 로미오가 처음부터 그렇게 낭만적이었던 것은 아니다. 그는 "사랑이란 한숨으로 만들어진 연기인데 정화되면 연인 눈에 반짝이는 불길이고 성질내면 눈물 먹고 자라는 바다야. 그 밖에 뭐겠어? 대단히 신중한 광기이고 숨 막히는 쓸개즙, 썩지 않는 단것이지."라고 비아냥거린다. 로미오는 사랑을 믿지 않는 소년이었다. 심지어 그는 "사랑의 치졸한 활 따위엔 영향을 안받"는다며 자신 있게 선언한다.

이는 곧 로미오가 사랑에 대해 아무 것도 모르고 있음을 보여준다. 사랑에 빠져보지 않은 자만이 사랑에 대해 오만할 수 있다. 로미오는 그래서 매우 오만하게 등장한다. 그러던 그가 줄리엣을 보자마자 "오, 횃불보다 더 밝게 빛나는 아가씨다. 내가 사랑했었던가? 시각이여 부인하라, 진정한 아름다움 이 밤에야 봤으니까."라며 빠져버린다. 이는 줄리엣 역시 마찬가지다. 두 사람 사이를 매개하는 사랑의 증폭제는 바로 '가장무도회'다. 서로의 정체를 완전히 알 수 없는, 위장 상태가 오히려 그들의 욕망을 부추긴다. 이는 두 사람의 사랑에 있어 반대는 장애물이 아니라 기폭제가 될 수 있음을 짐작케 한다. 뜨거운 젊은이들의 사랑은 저항을 연료로 할 때 더 타오르기 때문이다.

로미오와 줄리엣은 사랑 자체와 사랑에 빠진 어린 영혼들이라고 할 수 있다. 그들은 사랑에 빠진 자기 자신을, 상대보다 더 사랑한다. 이 사랑이 너무 완벽해서 그들은 그 사랑을 어떻게든 보존하고, 기억하고, 봉인하고 싶어 한다. 세상에 존재하는 것을 봉인하는 가장 완전한 방식 중 하나가 바로 죽음이다. 죽음은 젊음이 늙음으로 변하고, 사랑이 실망과 싫증으로 변형되는 것을 완벽히 막아줄 수 있다.

두 사람이 서로에게 고백하고, 충성을 다짐하는 순간들에 인용되는 상징이나 비유들이 하나같이 죽음을 가리키는 이유도 여기에 있다. 그들은, 이 세상의 것이 아니기에 더 이상 변하지 않는 것을 사랑에 비유한다. 로미오는 줄리엣을 "별"에 비유하고 줄리엣은 로미오를 "하늘의 전령"에 비유한다. 그들은 서로를 땅에 닿지 않는, 천상의 존재로 격상시킨다.

로미오와 줄리엣은 수많은 멜로드라마의 원형이라고 할 수 있다. 이 멜로드라마 가운데서, 사랑은 죽음을 통해 그 영원성을 획득하고, 변하지 않는 순정을 획득한다. 두 연인은 사랑의 절대적 완성을 위해, 젊음의 아름다운 사랑을 박제하기 위해 자신을 바친다. 그러므로 사랑의 절대성에 모든 것을 걸 수 있었던 두 사람이 마침내 그 영원성을 얻고 스스로를 버렸다는 것은 욕망의 충족이라고 할 수 있을 것이다.

우리는 누구나 로미오와 줄리엣이 되고 싶지만 함부로 그 순애의 걸음에 발을 내딛을 수 없다. 사실, 그 순애는 젊고, 순진하기 때문에 뛰어들 수 있는 맹목의 세계이기도 하다. 하루하루 더 살다보면, 사랑 때문에 목숨을 거는 일은 두려운 일, 어려운 일이 된다. 질서와 언어로 이루어진 세계에서 사랑은 그런 절대적 순도의 공간을 차지하지 못한다. 우리가, 죽음을 향해 걸어간 연인들을 거듭 서사에서 확인하는 이유도 여기에 있다. 그것은 쉽지 않은 선택이며, 다짐이므로.

○

영화 〈시라노; 연애조작단〉의 원작이라고 할 수 있는 희곡 『시라노』(에드몽 로스탕 지음)는 매우 독특한 희생적 사랑의 양식을 보여준다. 시라노는 가스코뉴 출신으로 검술에 능하고 문학적 소양이 넘치는 인물이다. 그의 교양과 학식은 매우 높아 말과 글에 탁월한 솜씨를 보여준다. 문제는 그가 너무 큰 코를 가지고 있다는 것이다. 시라노는 이 외모의 특징에 심각한 콤플렉스를 느낀다. 자존심이 상한 그는 그래서, 사랑하

는 사람에게 마음을 고백하지 못한다. 거절당하느니, 혼자서 사랑하는 방식을 택한 것이다.

시라노가 사랑하는 이는 아름다운 사촌 록산느다. 록산느는 굳이 사람의 외모를 따지지 않는 고결한 영혼의 소유자이지만 시라노는 자신의 외모를 부끄러워하고 한편 자존심 상해 한다. 그러던 즈음, 시라노의 부대에 젊고, 잘생긴 크리스티앙이 온다. 그는 마치 운명처럼 록산느를 사랑하게 된다. 게다가 그는 시라노와 정반대로 외모는 뛰어나지만 교양은 형편없이 부족하고, 따라서 글이나 말의 수준이 낮다.

시라노는 크리스티앙이 고백의 언어를 찾지 못해 전전긍긍하자, 자신의 솜씨로 대신 써주겠노라고 제안한다. 시라노는 록산느에 대한 자신의 마음을 숨기고, 크리스티앙의 이름으로 그 마음을 녹인다. 크리스티앙의 이름으로 쓴 절절한 고백의 편지들은 사실 시라노가 록산느에 대해 가지고 있는 사랑이다. 하지만 록산느는 이 사실을 알 리가 없다. 록산느는 크리스티앙의 그 애절한 문구에 마음을 허락하고 이내 그를 사랑하게 된다.

엄밀히 따지자면 록산느가 크리스티앙을 사랑하게 된 것

은 그의 외모가 아니라 그가 써준 고백의 언어들 때문이었다. 시라노의 내면적 깊이가 그녀를 움직인 것이다. 록산느는 이 사실을 모르고 마침내 크리스티앙과 결혼까지 하게 된다. 물론 크리스티앙이 록산느를 사랑하지 않는 것은 아니다. 하지만 분명, 록산느를 움직인 건 크리스티앙의 외모가 아니라 시라노의 글이었다.

이 엇갈림은 전쟁으로 인해 가중된다. 전투에 나간 크리스티앙과 시라노, 시라노는 생과 사가 오가는 시점에 이르러 록산느에 대한 사랑을 더욱 강렬히 느낀다. 그럼에도 그는 그 주체할 수 없는 사랑을 다시금 크리스티앙의 이름으로 고백한다. 이에 록산느는 전쟁터까지 달려온다. 마침내, 크리스티앙은 더 이상 가면 놀이를 해서는 안 되겠다고 여긴다. 그는 사실을 고백하려 했지만 이내 전쟁의 포화 속에서 목숨을 잃고 만다.

록산느가 사랑했던 편지의 주인은 곁에 있지만 그녀는 그 사실을 모른 채 상실감에 젖어 산다. 시라노는 더 이상 그녀에게 크리스티앙인 척 사랑을 고백하지 못한다. 엇갈리는 위장의 연극은 시라노가 죽음에 이를 때에서야 마지막을 보게 된다. 죽음이 임박해서야 시라노는 록산느가 간직하던 크리스티앙의 편지를 암송해, 그것을 쓴 사람이 바로 자기 자신임을 알려준다.

한 순간의 위장은 그의 사랑을 죽음의 순간까지 베일에 가려버린다. 고백할 용기가 없던 시라노의 선택은 죽음에 이르러서야 용기와 만나게 된다. 하지만, 이미 너무 늦은 고백은 "숭고한 침묵"을 깰 뿐이다. 시라노와 록산느, 크리스티앙의 엇갈리는 사랑은 우리가 사랑에 대해 가지고 있는 어떤 욕망과 순결한 욕심을 보여준다. 사랑을 하게 되면 우리는 완벽한 대상이 되어 그 혹은 그녀 앞에 나서고 싶어진다. 크리스티앙은 교양의 부재를 숨기고 싶어 했고, 시라노는 외모의 결점을 가리고 싶어 했다.

하지만 사람의 인격은 장점이 아니라 단점을 통해 형성되는 것일지도 모른다. 그리고 사랑한다는 것은 장점이 아니라 그 단점을 아끼는 마음에서 지속되는 것이다. 그러나 이런 깨달음은 언제나 너무 늦게 찾아온다. 사랑을 위해 죽을 수 있다는 마음속에는 나 자신이 너무나도 작아진다는 초라함과 너에게 완전한 사람이고 싶다는 불가능한 바람이 있다. 그런

바람이 잘 드러나 있는 희곡이 바로 『시라노』다. 결국, 죽음만
이 그에게 면죄부가 되어줄 것이라 믿는다는 점에서 더욱.

질투는 나의 것

나 가진 것 탄식밖에 없어

저녁 거리마다 물끄러미 청춘을 세워두고

살아온 날들을 신기하게 세어보았으니

그 누구도 나를 두려워하지 않았으니

내 희망의 내용은 질투뿐이었구나

그리하여 나는 우선 여기에 짧은 글을 남겨둔다

나의 생은 미친 듯이 사랑을 찾아 헤매었으나

단 한 번도 스스로를 사랑하지 않았노라

(기형도, 「질투는 나의 힘」 중, 『입 속의 검은 잎』, 문학과지
성사, 1989)

기형도의 시 「질투는 나의 힘」은 질투에 대한 중요한 암시
를 준다. 그 의미는 마지막 두 행에 숨겨져 있다. "나의 생은
미친 듯이 사랑을 찾아 헤매었으나/ 단 한번도 스스로 사
랑하지 않았노라"라는 구절 말이다. 우리는 흔히 질투란 자
기 자신을 너무 사랑하는 데서 비롯된 감정의 고통이라고 여
긴다. 나를 너무 사랑하다 보니, 타인이 '나' 이외의 다른 것
에 관심을 두는 것을 견디지 못하는 것이라고 말이다. 그러니
지나치게 자기중심적이거나 과도한 나르시스트들이 극심한
질투에 빠질 것이라고 믿는다.

이러한 생각은 프로이트의 나르시시즘론을 읽어보면 충
분히 그럴듯하기도 하다. 프로이트는 나르시시즘을 자기를
보존하기 위해 나 자신에게로 끌어들이는 리비도의 힘이라고
규정한다. 그러므로 나르시시즘의 관점에서는 내가 10을 준
다면 11만큼 상대에게서 받길 원한다. 하지만 그렇다고 프로

이트가 11을 받기 원하는 마음이 곧 질투라고 말한 적은 없다. 우리는 나르시시즘적인 자기애와 질투를 구분할 줄 알아야 한다.

10을 주고 11을 기다리는 자기중심적인 사랑관이 나르시시즘이라면 질투는 오히려 자신이 '0'이기에 받아도 받아도 채워지지 않는 자아의 빈곤을 의미한다. 질투는 구멍난 자아 혹은 고장난 내면, 애정을 빨아들이되 진정한 자기애로 바꿀 줄 모르는 고장난 사랑기계의 블랙홀이라고 할 수 있다. 기형도의 말처럼, 질투로 인해 괴로워하는 사람은 사실 "단 한 번도 스스로를 사랑하지 않"은 사람일 확률이 높다. 스스로를 사랑하는 자, 그들은 더 많이 사랑하는 게 행복임을 알고 있기 때문이다.

○

질투하는 사람으로 가장 대표적인 인물이라면 바로 셰익스피어의 희곡 『오셀로』의 주인공 오셀로라고 할 수 있다. 무어인 용병이었던 오셀로는 혁혁한 전공을 세우고 급기야 귀족의 딸인 데스데모나와 결혼하게 된다. 오셀로는 키프로스 사람도 아니고 백인도 아니다. 유색인인 오셀로는 이아고에 의해 "검은 숫양" 혹은 "아랍말"과 같은 모욕적인 별명으로 불린다. 문제는, 검은 숫양이나 아랍말과 같은 비아냥이 이아고 혼자만의 생각은 아니라는 것이다. 이아고처럼 천박하게 표현하거나 그렇지 않거나 차이가 있을 뿐, 키프로스의 사람들은 대개 오셀로를 이방인으로 대한다.

더 심각한 것은 오셀로 스스로도 이런 멸시에 대해 의식하고 있다는 사실이다. 타인이 나를 천박하게 부르고, 겉과 다르게 경멸할 수 있다는 사실을 잘 알고 있기에, 오셀로의 당당함 이면에는 열등감과 의심이 숨어 있다. 『오셀로』의 악역은 이아고다. 그는 오셀로 앞에서는 달콤한 말을 나열하지만 뒤에서는 천박한 뭇사람들이 지껄이는 말들을 고스란히 되뇌는 사람이다. 이중적인 이아고는 그 스스로 이중적인 만큼 다른 사람들의 이중적 내면도 잘 들여다보는 재주를 가졌다. 이아고는 오셀로의 당당함과 권력 뒤에 있는 자기 부정과 열등감을 눈치챈다. 그리고 그는 이 부분을 건드린다.

이아고가 악역이긴 하지만 엄밀히 말해, 그는 오셀로의 내부에 있던, 즉 그의 내면에 있던 열등감을 촉발하는 기폭제에 불과하다. 대단한 음모를 짜기도 전에, 오셀로는 그가 억누르고 있던 열등감에 의해 먼저 무너지고 만다. 열등감은 특히, 자존심이 강한 사람의 열등감은, 고스란히 드러나지 않고, 질투라는 이름으로 뒤바뀌어 드러나곤 한다. 자신감이 약하고 스스로를 사랑하지 않아서 타인을 의심한다는 사실을 인정하기 싫은 나약한 열등주의자들이 바로 질투의 노예가 된다.

오셀로가 사라진 손수건과 이아고의 거짓말에 너무도 쉽게 허물어지는 까닭도 여기에 있다. 오셀로는 언제든 아내 데스데모나를 의심할 준비가 되어 있었다. 저토록 고귀한 집안의 아름다운 백인 여인이 나만을 사랑할까, 라는 의문과 불안이 있었기에 그녀의 불륜이라는 음모에 너무도 쉽게 무너진 것이다. 물론 남녀 사이에 있어서 약간의 질투는 관계의 윤활유가 되어주기도 한다. 하지만 그 질투가 열등감이나 자기 부정에서 시작될 때엔 타자를 파괴하는 폭발력으로 변질되기 십상이다. 상대가 나를 속이고 기만했다는 데서 비롯된 질투는 겉으로는 남편으로서 정당히 표현할 수 있을 정의로운 분노처럼 보이지만 사실 이는 스스로의 열등감을 들킨 자의 비열한 폭력의 다른 이름이기도 한다.

마침내 오셀로가 아내 데스데모나를 자신의 손으로 죽이고 난 뒤에야 그는 자신의 분노가 정당한 질투가 아니라 들키고 싶지 않았던 열등감 때문임을 알게 된다. 하지만 때는 이미 너무 늦고, 그가 확인할 수 있는 것은 가난하고, 남루해진 자기 자신의 내면뿐이다. 이제 그가 선택할 수 있는 운명이라곤 없다. 죽음, 결국 질투는 타자도 그리고 나도 모두 죽음으로 끌고 갈 수 있는, 폭력인 셈이다.

○

질투의 또 다른 면이라면 그것은 상대를 온통 소유하고 싶은 욕망이라고 말할 수 있다. 우리는 누군가를 사랑하게 되면, 그 혹은 그녀의 모든 것에 대해 알고 싶고, 그와 그녀의 관심사 모두를 독차지하고 싶어진다. 그런데 절대 소유할 수 없는 것이 있다. 그것은 바로 과거, 그녀가 나를 만나기 이전까지의 시간이다. 그 시간은 이미 절대적으로 존재하는 역사이기에 아무리 '나'를 만났다고 해도, 나의 노력으로 뒤바꿀 수는 없는 노릇이다. 그러나 여기 이 남자는 그 불가능한 일에

매달리고 이내 질투해서는 안 될 시간을 질투함으로써 철저히 파괴되어 간다. 줄리언 반스의 소설 『그녀가 나를 만나기 전』에 등장하는 역사학자 '그레이엄 핸드릭' 말이다.

흥미로운 것은 정작, 아내와 딸을 버리고 불륜을 저지른 것은 바로 본인이라는 사실이다. 그레이엄 핸드릭은 '앤'을 만나 지금껏 경험하지 못했던 열정을 만나게 된다. 속까지 들여다보이는 투명한 유리병 같던 아내 바바라와 달리 앤은 다양하고 입체적이며 드라마틱하다. 그는 앤에게 완전히 빠져버리고, 이내 스스로의 존재감에 위협을 느낄 만큼 그녀의 존재감에 압도당하고 만다.

그런 그가 어느 날, 자신이 알지 못했던 앤의 과거를 목격하게 된다. 그는 앤이 과거에 영화에 출연했다는 사실을 전혀 모르고 있었는데, 영화를 보다가 그녀를 보고 말았기 때문이다. 예상치 못했던 순간, 의외의 장소에서 그녀를 발견하게 되자, 그레이엄은 자신이 앤에 대해서 모르는 것이 훨씬 더 많을 것이라는 불안에 빠져들고 만다. 불안은 그녀가 자신을 속이고 있을지도 모른다는 의심으로 바뀌고, 의심은 그녀의 전모를 추적하리라는 집착으로 깊어진다. 그녀가 그레이엄을

사랑의 보랏빛 그림자

33

만나기 이전의 모든 시간, 그 시간 자체가 일종의 적이 되어 그를 압박하고, 그는 이것을 정복하기 위해 수사관처럼 조사해나가기 시작한다.

하지만 그러면 그럴수록, 그녀의 과거는 점점 더 큰 미스터리로 다가오고, 결코 정복되거나 파악되지 않는다. 그리고 과거의 그녀가 사랑했던 남자나 여행했던 장소를 만나게 되면, 마치 현재 그녀가 누군가와 부정을 저지르고 몰래 여행이라도 가듯 화를 낸다. 그녀의 과거는 이미 그가 없이 매우 완벽한 '무엇'이라는 것 자체가 그를 힘들게 하고, 못 견디게 만든다. 그가 아무리 그녀의 과거를 질투한다고 해도, 그 과거를 상대로 아무 것도 해낼 수 없기 때문이다.

그레이엄과 앤의 관계에서 이미 그레이엄은 존재하지 않는 것이나 다름없다. 그는 자신이 앤을 너무 사랑하기 때문에 질투하고, 분노한다고 여기지만 실상, 그는 그 과정에서 자신을 잃었다고 말하는 편이 옳다. 그녀를 소유함으로써, 완벽히 정복함으로써 자신의 존재감이 입증될 수 있다고 믿는 그 도착과 착오는 결국 그를 더욱 고통스럽고 괴롭게 만든다. 이쯤 되면, 아예 고통의 근원을 없애고 싶어진다. 그레이엄은 앤 때문에 너무 고통스러워지자 앤을 없애는 것이 낫겠다는 생각까지 하게 된다. 『그녀가 나를 만나기 전』이 코미디처럼 시작되지만 마지막 순간, 그 웃음이 둔중한 충격으로 파고드는 이유도 여기에 있다.

> 그레이엄은 미치지 않았다. 그는 슬펐다. 화가 나고 가끔 취했다. 그러나 그를 미쳤다고 부를 수는 없었다. 그가 질투한다고 말할 수 없는 것과 마찬가지다. 그 말은 그녀가 그에 대해서 사용하지 않는 말이다. 그는 슬펐던 거다. 그는 화가 났고 그녀의 과거를 어떻게 할 수가 없었던 것이다. 그렇지만 그는 질투하는 게 아니다. 잭이 그를 '나의 어린 오셀로'라고 언급했을 때 그녀는 속이 상했다.
>
> (『그녀가 나를 만나기 전』, 줄리언 반스 지음, 권은정 옮김, 문학동네, 1998)

○

질투가 고통이 될 때, 고통을 없애는 방법은 그를 없애거나 나를 없애는 것이다. 그러나 여기서 없앤다는 것은 물리적인 것이 아니라 정신적인 상징이어야 한다. 때로, 사랑이라는 감정에 익숙하지 않은 유폐된 나르시스트나 열등감에 빠진 자들은 이 없앰을 물리적인 폭력으로 해석하곤 한다. 결국 이러한 폭력적 질투가 닿을 수 있는 결론은 하나뿐이다. 사랑하는 나를 없애거나 사랑하는 당신을 없애는 것, 하지만 이 질투의 끝에 남는 것은 더 깊은 상처와 불능뿐인 것을. 그러므로 사랑은 먼저 내가 있고 나서 당신을 만나는 과정이어야만 한다.

금지된 욕망의 출구,
죽음

나 자신을 당신에게서 떼어내야 해요. 나는 치명적인 선물이었어요. 난 당신이 그렇게 열심히 찾았던, 쾌락이라는 가장 큰 보답을 주는 고통스러운 선물이었어요. 우리는 격렬한 한 쌍이 되어, 우리가 누구며 누구였든 자유롭게 솟구쳤어요. 지구에 온 외계인들처럼 우리는 서로를 발견했고, 발걸음마다 우리가 잃은 별나라의 언어를 새겼어요. 우리에게는 고통이 필요했

37

어요. 당신이 갈구한 것은 내 고통이었어요. 당신은 믿지 않겠지만, 당신의 허기는 충분히 채워졌어요. 이제 당신은 나름의 고통을 갖고 있다는 것을 명심하세요.
(『데미지』, 조세핀 하트 지음, 공경희 옮김, 그책, 2013)

어디 세상이 허락한 사랑만이 있을까? 그 유명한 로미오와 줄리엣도 양가 부모의 반대에 부딪히고 오셀로 역시 세상의 질시와 오해를 받지 않았던가? "약간의 장애물은 열정을 더욱 불타오르게 한다"는 바타이유의 말처럼 때로 사랑에 있어서, 금지는 더 강한 권유이자 유혹이다. 하지만 때로 어떤 유혹은 너무도 강렬하고도 위험한 것이라 질문의 수위가 좀 달라진다. 가령 '이래도 될까' 정도의 질문이 아니라 '과연 인간으로서 이런 사랑을 지속해도 되는 것일까'라고 스스로의 인간다움을 되묻게 되는 사랑, 그런 사랑이 있다.

영화로 우리에게 먼저 알려진 『데미지』의 주인공들이 나누는 사랑이 그렇다. 그건, 우리가 흔히 법이나 질서라고 말하고 믿고 따르는 어떤 것에 전혀 부합하지 않는 사랑 이야기다. 한편, 그것은 과연 인간이라면 그런 사랑을 어떻게 보고,

판단해야 하는 것인가 두려워지는 이야기다.

○

주인공은 의사로서, 정치인으로서, 남편과 아버지로서 아무것도 부족할 것 없는 삶을 살고 있다. 말하자면, 그는 모든 면에서 성공한 남자다. 영화 속에 등장하는 제레미 아이언스는 그런 남자의 이미지를 제대로 시각화해준 듯싶다. 50대 중반임에도 군살 하나 없는 몸매, 반듯한 옷차림에 숱 많은 은발의 머리까지, 성공한 남자의 전형이라고 검색한다면 바로 그 모습이 이미지창에 떠오를 것 같은 그런 남자 말이다.

그런 그 앞에 한 여자가 나타난다. 그는 그녀를 보자마자 매혹된다. 눈여겨봐야 할 것은 그가 매료된 여자, 안나의 모습이 바로 '불안'이라는 점이다. 모든 것이 안정되어 있는, 사각형 같은 삶을 살아가는 남자 앞에 나타난 뾰족한 역삼각형의 안나는 기우뚱하고 불안정하기 때문에 단숨에 눈길을 끌어버린다. 불안정, 그것은 그가 어느 새 잊고 살았던 열정, 열망, 바보 같은 욕망, 눈치 없는 그리움 따위와 연결되어 있기 때문이다. 그가 명성과 성공, 평범한 사람들이 추앙하는 행복

을 얻는 동안 잃어버린, 삶의 엔트로피, 바로 그게 안나에게
있었던 것이다.

그런데 안타깝게도 그녀에 대한 그의 갈망은 너무 짧은
시간 금지당하고 만다. 그녀가 바로 아들 마틴의 연인이었기
때문이다. 심지어 마틴은 그녀와 결혼을 계획한다. 그의 인생
에 새로운 활력을 줄 것으로 기대되었던 여자가 아들의 여자,
며느리가 될 예정이다. 문제는, 안나에겐 우리가 그토록 중시
하는 세상의 법이나 질서가 그닥 존중받을 만한 것이 못된
다는 것이다. 그리고 더 큰 문제는 안나가 '그'의 욕망을 눈치
챘다는 사실이다. 안나와 그는 이제 위험한 게임을 시작한다.
"안나는 정말 확고하고 강해 보였다. 운명을 안전하게 맡길
수 있는 여신 같았다. 그녀의 결정이 옳고 그녀의 판단이 현
명하리라 확신하는 것 같았다. 우리는 배신과 기만이 얼룩진
인생 계획을 공모하고 있었다. 그것은 평범하고 잔인한 간통
이상일 뿐 아니라 오랜 금기를 깨는 행위였다."

안나는 어린 시절부터 세계 여러 곳을 돌아다녔고, 그런
과정에서 오빠와 무척 친밀하게 지냈다. 두 사람은 친구이자
대화상대이자, 카운슬러이자 교사로서 서로의 자리를 채워

준다. 하지만 영원한 쌍태아는 없다. 엄마의 뱃속을 공유했던 쌍태아라 할지라도 태어나는 순간 다른 삶의 여정을, 각각 살아갈 수밖에 없다. 하물며 남매야. 하지만 안나의 오빠는 어쩐지 그 분리에 적응하지 못한다. 결국 그녀의 오빠는 그녀에게 씻을 수 없는 상처로 자리 잡고 만다. 모두가 다 그녀가 그녀 마음의 소리보다는 세상이 요구하는 규칙을 따랐기 때문이라고 여긴다. 이후 그녀는 더더욱 그녀에게 금지된 것, 그녀를 억압하는 것에 맞서듯이 살아온다.

영화 속에서 인상적인 장면은 '그'가 해외로 출장을 가 있는 동안 안나가 찾아와 급작스러운 섹스를 나누는 장면이다. 그는 처음으로 일의 공간이 욕망에 의해 찢겨나가는 것을 경험한다. 그리고 심지어 더 심하게 찢겨져도 좋다는, 낭만적인 믿음까지 갖게 된다. 이 낭만적 믿음은 더욱 금지된 것, 더욱 두려운 것이라는 중핵을 향해 더 나아게끔 만든다. 결국 그와 안나는 아들이 찾아올 수도 있는 방에서 정사를 나누고, 마침내 아들의 눈에 띄게 된다. 아버지와 아내의 동침을 발견하게 된 마틴은 뒷걸음을 치다 계단 아래로 떨어지고 만다. 그는 맨몸으로 계단을 내려와 죽어가는 아들을 껴안는다.

사람의 사회적 지위는 일종의 옷과 같다. 값비싼 옷, 유명 브랜드의 옷은 그 사람의 취향과 성격, 사회적 지위 등을 나타내는 일종의 사인Sign이 된다. 하지만 이미 알몸이 된 그에게 남은 것은 그저 하나의 수컷이라는 징표뿐이다. 처음 태어났을 때, 피에 젖은 아이의 몸을 안았던 아버지는 거꾸로 옷을 입은 채 피 흘리며 죽어가는 아들을 알몸으로 껴안는다.

이 묘한 패러독스 가운데서, 이 금지된 사랑의 징벌이 얼마나 지독한 것인지를 깨닫게 된다. 그는 자신이 이룩한 세상을 '조금' 찢어내 색다른 문양을 만들어내리라 자신했지만 세상은 그리 단순하지도 쉽지도 않다. 그는 그 순간 그가 지금껏 가지고 있었던 모든 것을 한꺼번에 잃어버린다. 아들의 죽음과 함께 상징적 의미에서의 '그' 역시 죽어버린 셈이다. 적당히 타협 가능한 일탈은 낭만적 환상에 불과하다는 듯 그에게 내려진 형벌은 죽음이라는 파멸이다.

○

"이제 죽음이 내 눈에서 빛을 앗아가며 그 눈이 더럽혔던 해에게 순수함을 되돌려줘요."『페드르』는 에우리피데스의

사랑의 모양빛 그림자

비극 『히폴리토스』에서 소재를 따온 라신의 비극이다. 『히폴리토스』에서 새어머니인 페드르(파이드라)는 의붓아들 이폴리트(히폴리토스)에게 사랑을 고백하지만 받아들여지지 않자, 그를 음해하는 편지를 남기고 목숨을 끊는다. 아들 이폴리트가 자신을 농간했다는 글을 남겨둔 것이다. 라신의 비극에서는 유모가 이폴리트를 고발하고 이로 인해 이폴리트가 죽게 되자 페드르가 그의 결백을 밝히고 숨을 거둔다.

하지만 사실 에우리피데스의 원작에서는 이폴리트가 정작 사랑하는 이복 남매와 도망가지 못하고, 어설픈 두려움 가운데서 세상을 떠난다. 이후 페드르는 스스로 죄책감을 느껴 역시 죽고 만다. 라신은 이 운명 비극을 사랑과 질투에 매몰된 여성 심리극으로 재해석했다. 운명을 가속화하는 것 그래서 그것을 작용하게 한 것이 바로 사랑과 질투였다는 라신의 해석이 반영된 것이다.

영화 〈페드라〉는 희곡 및 연극의 줄거리와는 조금 다르다. 물론 가장 중요한 설정이라고 할 수 있을 새어머니와 아들의 관계는 여전하다. 그런데 영화 속에서 두 사람이 서로 사랑하는 연인으로 재탄생한다. 새어머니와 남편의 아들, 두 사람이 세상의 눈, 질서, 법을 피해 그들만의 사랑을 찾아 망명한다. 하지만 애초부터 이 사랑엔 끝이 있다. 두 사람은 내내 비밀스러운 사랑을 나누지만 마침내 아버지에게 들키고, 아들 알렉시스는 아버지로부터 엄청난 모욕과 폭력을 당하게 된다. 게다가 아들을 아무나와 서둘러 결혼시키려 든다.

흥미로운 것은 바로 이 부분이다. 영화 〈페드라〉에서도 역시 새어머니 페드라는 질투의 여신이다. 알렉시스가 결혼한다는 말이 나오자, 그것을 참을 수 없었던 페드라는 남편 타노스에게 두 사람 사이에 있었던 밀월 여행과 사랑의 과정 전부를 말해버린다. 분노한 아버지 타노스는 아들을 무참하게 폭행하고, 알렉시스는 아버지가 준 고급 스포츠카를 타고 집에서 도망나온다. 절벽 옆의 외길로, 스포츠카의 굉음을 울리며 "페드라, 페드라" 하고 외쳤던 알렉시스의 모습은 오랫동안 뇌리에 남는다. 그가 부르짖는 '페드라'는 사랑하는 여인의 이름이기도 하지만 그의 아버지를 빼앗은 방해자이며 마침내 그의 삶을 파멸로 이끌고가는 욕망의 이면이기도 하다. 그는 마치 페드라로부터 도망가듯 도로 난간을 부딪고 바다로 떨어진다. 그가 세상의 경계 즉 난간을 넘어서 닿을 수 있는 곳은 질서도 법도, 규칙도, 아버지나 어머니와 같은 호칭도 없는 곳, 바로 죽음의 공간뿐이다.

정념은 파괴적일수록 매혹적이다. 통제할 수 없을수록 그 정념은 더욱 더 큰 힘으로 우리를 사로잡는다. 그 억센 포획은 살면서 한 번쯤은 빠져보고 싶은, 위험한 매혹이기도 하다. 우리가 가진 영혼의 밑바닥까지의 깊이 그리고 자신이 감당해낼 수 있는 삶의 포용력의 넓이를 정념을 통해 시험해보고 싶은 것이다. 살아 있는 한 우리는 해야 할 일과 해서는 안 되는 일 가운데서 갈등하고, 선택한다. 하지만 이렇듯, 정념을 선택한 인물들은 죽음의 공간에서야 완벽한 해방을 맞이한다. 결국 정념이란 무엇일까? 파멸로 보상받을 수밖에 없는 위험한 자유의지인가, 아니면 이 지루한 일상에 한 줄기 빛이 되어주는 짜릿한 출구인가? 죽음은 형벌일수도 있지만 대가일 수도 있을 듯싶다.

삶에 새겨진
아프고 아름다운 경고

만약, 내가 죽는 날을 미리 알고, 어떻게 죽을지 알게 된다면, 어떤 삶을 살아갈까? 하루하루를 더 의미 있는 나날로 채우려고 노력할까, 아니면 오히려 유통기한이 얼마 남지 않은 우유처럼 인생을 그리고 시간을 쏟아 부어버릴까. 그리고 만약 그 앎이 나 자신이 아니라 내가 정말 사랑하는 사람에 대한 것이라면, 그러니까 내가 너무나도 사랑하는 사람이 언제, 어떻게 죽게 될 것을 알게 된다면, 게다가 그 죽음이 나보다 더 먼저, 내가 지켜내야 할 운명이라면 어떻게 할 것인가?

우리는 마치 우리가 스스로 결말을 모르기 때문에 하루하루를 열심히 살아가는 것으로 믿는다. 어제까지 열심히 출근하고, 일하고, 사랑하던 어떤 사람이 오늘 심장마비나 교통사고 혹은 천재지변으로 인해 목숨을 잃게 될지도 모른다. 거꾸로 이야기하자면 그는 오늘 죽을 것을 몰랐기 때문에 어제 매일과 똑같은 일상을 보냈던 것일지도 모른다. 하지만, 정말 그럴까? 우리가 언제 죽는 것을 알게 된다면 우리는 일상을 견뎌내지 못하거나 버리게 될까?

그러나, 누구나 한 번은 죽는다. 죽음은 모두에게 공평한 결말이다. 부자도, 미인도, 병자도, 가난한 자도 인생의 끝은 죽음으로 맺어진다. 그래서 소설가 위화의 말처럼 죽음이야말로 평등하다. 그리고 보면, 인생의 끝이 죽음이라는 사실을 모르는 사람은 없다. 죽음을 이해하지 못하는 자는 어린아이나 인지 능력을 잃은 사람들뿐이다. 생각하고, 느낄 수 있다면 그리고 정신이 어느 정도 성숙해있다면 죽음이란 예견된 결말이며 필연적 종말이다.

그렇다면 다시 질문을 해보자. 만일 죽는 날을 미리 안다면, 사랑하는 사람이 나보다 더 먼저 죽는 걸 알게 된다면, 그러면 어떻게 할 것인가? 여기에 놀라운 이야기가 있다.

○

영화가 시작되면, 한 여성과 딸로 보이는 아이가 등장한다. 주먹 쥔 손이 한 손에 다 들어올 만큼 작았던 아이가 어느새 자라나 엄마와 보안관 놀이를 하고, 엄마가 밉다며 투정을 부리기도 한다. 그리고 어느 날 이제는 제법 처녀 태가 나는 아이가 병원에 가고, 엄마와 주치의는 걱정스러운 표정을 나눈다. 마침내 아이는 죽고, 이야기는 거기서 다시 시작된다. "네가 살았던 기간 이외의 날들에 네 이야기가 더 있어"라는 말과 함께.

테드 창의 소설 『당신 인생의 이야기』를 원작으로 한 영화 〈컨택트〉는 외계 생물체와 비행 물체의 뜻밖의 방문과 사랑했던 딸 아이의 죽음을 중심으로 진행되는 이야기이다. 소설의 화자이자 영화의 주인공인 루이스는 언어를 연구하는 학자이다. 어느 날 갑자기 세계 12곳의 장소에 '쉘Shell'이라 이름 붙인 미확인 비행물체가 도착한다. 지구인들은 그 도착이 어떤 의미이며 방문의 목적은 무엇일지 궁금증과 불안, 공포에 휩싸인다. 언어학자 루이스는 이 과정에서 그들이 내뱉는 어떤 음성에 과연 의미가 있는지 그리고 의미가 있다면 그들이 온 의도와 목적이 무엇인지 파악하고 분석하기 위해 초빙된다.

영화의 시작 부분, 개인으로서 그녀가 겪어야 할 비극은 이미 전부 다 예고되어 있다. 엄마로서 한 아이를 낳았고, 행복한 순간순간들을 기억하고 있지만, 아이는 너무 젊고 어린 나이에 세상을 떠난다. 마치 그렇게 딸을 잃고 난 후 긴 시간이 지난 후처럼 보이는 어느 시점에서 이야기는 다시 시작된다. 외계인이 찾아온 날은 분명 '딸'이 존재하지 않았던 시간이기에 관객들은 너무나 편하고, 쉽게 그 시간을 죽은 이후라고 생각하게 된다.

그런데, 이 이야기의 가장 큰 힘과 매력은 시간에 대한 우리의 뻔한 관습적 이해를 무너뜨리는 데 있다. 외계에서 온 그들, 일곱 개의 촉수를 가진 헵타포드(Heptapod:그리스어에서 7을 뜻하는 Hepta와 발을 뜻하는 Pod를 합친 조어)들은 우리와는 전혀 다른 언어를 쓴다. 그들의 언어는 선형적인 우리의 것과 달리 입체적이고 원형적이며 그래서 하나의 형상으로 어마어마하게 함축된 의미를 담아낸다. 이는 그들이 우리처럼 선형적이며 직선적인 사고 체계를 가지고 있지 않음을 보여준다. 언어는 사고의 반영이기 때문이다.

루이스는 그들의 언어를 파악하고 배워가면서 점차 그들의 세계관에 가까이 가고, 이해하게 된다. 그들의 언어를 이해할 때쯤 루이스는 결국 그들처럼 시간의 직선에서 벗어나 시간의 원활한 곡선을 보게 된다. 과거와 현재만 보는 게 아니라 그들처럼, 미래도 보게 된 것이다. 그러니까, 루이스의 머리에 떠올랐던 파편적 이미지들은 기억의 조각이 아니라 암시처럼 찾아온 미래의 표지였던 셈이다. 그녀의 눈앞에 나타난 딸 아이는 말하자면 아직 태어나지 않은 그녀의 딸이었다. 그러므로 그 죽음 역시 아직 태어나지 않은 딸의 죽음이었던 것이다.

그렇다면 이제 다시 질문을 해보자. 만일, 내가 낳은 딸 아이가 스무 다섯 살 무렵, 가장 아름답고, 가장 활기찰 그 나이에 암에 걸려 죽게 될 것을 안다면, 그래서 고통스러운 치유 과정을 겪고 그럼에도 불구하고 그 치료가 무의미하게 목숨

을 잃게 될 것을, 그러한 사실을 이미 알고 있다면 과연 아이를 낳을 것인가? 미래의 그 아이를 만날 것인가?

루이스의 선택은 매우 단호하다. 아이는 루이스에게 결코 어떤 슬픔과도 비견할 수 없는 상처와 고통, 상실과 아픔을 줄 것이다. 그러나 루이스는 한편 또 알고 있다. 아이는 어떤 것과도 바꿀 수 없는 고유한 웃음, 고유한 체온, 고유한 목소리, 고유한 눈빛으로 그 아이가 아니라면 다른 아이가 줄 수 없는 절대적인 사랑과 기쁨, 행복을 주었다. 루이스는 미래의 이미지 속에서 아이의 죽음만 본 게 아니라 아이가 주게 될 정서적 충만감과 행복감 또한 맛보았다. 만일 상실이 두려워 아이를 낳지 않는다면 미래의 아이와 나누었던 그 따뜻한 행복 또한 잃게 되는 것이다.

그래서, 루이스는 그럼에도 불구하고, 선택한다. 같은 고통을, 알고 있는 상처를, 견딜 수 없도록 힘든 미래를 말이다. 그런 아내를 남편은 이해하지 못하고 심지어 증오하기까지 한다. 물리학자인 남편은 이해할 수가 없다. 어떻게 죽을 것을 알고 있는 아이를 낳고 사랑하고 기를 수 있을지.

○

이미 우리는 알고 있다. 그것이 운명이라면 죽음처럼 어차 피 만나야 할 결론이라면 행복 또한 값진 것이다. 미래를 안 다고 해서 바꾸는 게 의지가 아니라 미래를 앎에도 불구하고 선택하는 게 의지이다. 영화와 소설은 그렇게 인간의 의지를 재해석한다. 심지어 소설 속에서 딸 아이는 불치병 그러니까 인간의 의지와 과학적 노력의 사각지대에서 죽는 게 아니라 산악 조난 사고로 죽는다. 만일, 나였다면, 〈잠자는 숲속의 공주〉에게 물레를 금지시켰듯이 딸아이에게 아예 산행을 금 지시키지 않았을까? 그렇게 산을 피하면 아이의 죽음을 모면 할 수 있을 것처럼 그렇게 강박적으로 굴지 않았을까?

네 대학 졸업식에서 찍은 사진을 기억해. 너는 카메 라를 향해 포즈를 취하고 있지. 졸업모를 멋 부린 각 도로 비스듬하게 쓰고, 한 손을 선글라스에 갖다 대 고, 허리에 댄 다른 손으로는 졸업 가운을 잡아당겨 안에 입은 탱크 탑과 반바지를 일부러 보여주고 있지. 네 졸업식을 기억해. 넬슨과 네 아버지와 이름이 생각나지 않는 젊은 여자가 모두 와 있는 탓에 조금 산만할 테지만, 그건 별로 중요하지 않아. 주말 내내 너는 나를 네 학교 친구들에게 소개하고 만나는 사람마다 쉴 새 없이 끌어안지. 너의 모습이 너무 놀라운 탓에 나는 말이 제대로 안 나오는 지경이야. 나보다 키도 크고, 가슴이 아릴 정도로 아름다운 여자가 된 네가. 분수식 식수대에서 물을 마실 수 있도록 들어올려주곤 했던 어린 소녀, 내 옷장에서 꺼낸 드레스와 모자와 네 장의 스카프를 몸에 두르고 내 침실에서 구르듯이 달려나오곤 했던 어린 소녀와 같은 아이라니.

(『당신 인생의 이야기』, 테드 창 지음, 김상훈 옮김, 엘리, 2016)

한 아이에 대한 구체적인 감각, 추억, 흔적을 무엇으로 대체할 수 있을까? 미래의 아이가 얼마나 아름답게 커버렸는지 이미 보아서 미래가 너무도 강렬한 기억이 되었다면, 낳지 않고 두려운 미래를 피한다 한들 무슨 의미가 있을까? 네 장의 스카프를 두른 아이의 모습이 그토록 선명히 각인되어 있다면 아이의 존재를 과연 피한다는 게 가당키나 한 것일까?

소설 속 엄마, 그녀는, 아이가 스물다섯 살에 산악 조난 사고로 죽을 것을 알고 그래서 시신을 확인해야 한다는 것을 알지만 아이의 산행을 막지 않는다. 그게 바로 미래이기 때문이다. 그녀가 외계인을 만나 헵타포드어를 배우고, 그 과정에서 남편을 만나고, 어느 달콤한 달밤 아이를 갖고 싶냐고 속삭이고, 그리고 딸 한나를 낳게 되는 것도 모두 다 미래이면서 또한 과거가 될 시간이다. 과거만 바꿀 수 없는 게 아니라 미래도 바꿀 수 없다. 루이스가 헵타포드어를 이해하고 분석할 수 있는 능력이 미래에서 온 것인지 아니면 능력을 얻어서 분석하게 된 것인지 그런 선후관계는 중요하지 않다. 중요한 건 사랑의 순간성과 그 순간의 고유함이 곧 죽음에 마주할 용기를 준다는 사실이다. 우리는 사랑하기 때문에 상실을 견딜 수 있고, 사랑의 정서와 감각을 기억하고 있기에 죽음을 기다릴 수 있다.

여기서 다시 한 번 영화의 원제목을 생각하게 된다. 영화의 원제목은 〈어라이벌Arrival〉, 도착이다. 미래는 죽음처럼 도착한다. 반드시, 언젠가, 기필코, 누구에게나.

환상의 빛과
삶의 투박함 사이에서

왜 그랬을까? 거듭 물어보지만, 대답은 알 수 없다. 그는 이미 내 곁에 없으니까, 아니 그는 이미 이 세상 사람이 아니니까. 어느 날 선로를 따라 걷던 그 남자가 기차가 다가왔지만 피하지 않았으니까. 그래서 그는 그날 이후 돌아오지 않았으니까. 시신은 너무나 훼손되어 겨우 발가락 하나와 그의 직장을 암시하는 종이 쪼가리 하나만 발견되었을 뿐이다. 그나마도 "그 종잇조각을 찾느라 선로를 따라 세 시간이나 돌아다"닌 경찰관의 수고 덕분에 연락이라도 취할 수 있었다. 구두 한 짝과 아파트 열쇠만을 유류품으로 남기고 떠난 남자.

왜 이리도 무참히 떠났어야 했는지, 그는 아무 말도 남기지 않았다. 유언도 없었고, 별다른 기미도 없었다. 그는 여느 아침처럼 출근을 했고, 비가 온다는 말에 우산을 챙겼고, 그렇게 천천히 그녀 앞에서 멀어져갔을 뿐이다. 게다가 그에게는 아내 말고도 이제 겨우 3개월 된 아들이 남아 있다. 왜 그랬을까. 그러므로, 대답은 그녀의 안에서만 소용돌이치고 돌아오고 다시 또 깊어질 뿐이다. 왜 그랬을까.

○

"저는 와지마에 도착할 때까지 내내 바깥에 시선을 둔 채 죽어버린 당신과 이야기를 했습니다. 무슨 이야기를 했는지 생각도 나지 않습니다만, 그 무렵에는 저 혼자가 되면 무의식적으로 당신에게 말을 거는 버릇이 생겨버렸습니다. 그리고 제가 말을 거는 당신은, 선로를 걸어가는 뒷모습의 당신이었습니다. 상상하는 것만으로 마음이 차가워져버리는 그 뒷모습에 말을 걸면, 저의 또 하나의 마음은 분명히 무언가에 빠

58

저들어 황홀해지는 신기한 기쁨을 느꼈습니다."(『환상의 빛』,
미야모토 테루 지음, 송태욱 옮김, 바다출판사, 2014) 결국 그녀는
그렇게 혼자 남아 있을 때, 상상으로 그려낸 그의 뒷모습에
대고 질문을 할 수밖에 없다. 왜 그랬냐고, 왜 그렇게 떠나야
했느냐고.

　소설은 그렇게 담담히 떠난 그 남자를 7년 만에 보내게
된 한 여자의 마음을 보여준다. 고레에다 히로카즈 감독의 데
뷔작 〈환상의 빛〉의 원작인 미야모토 테루의 소설 『환상의
빛』 말이다. 소설이 미망인이 된 여자의 내면을 따라가고 있
다면 영화는 그녀의 내면조차 거리를 두고 그저 그녀의 외면
만을 보여줄 뿐이다. 소설 속에서 그녀는 끊임없이 "왜"라고
묻고 있지만 영화에서 보자면 관객들은 그 질문을 똑같이 그
녀에게 하고 싶어진다.

　사실 이것만으로도 영화는 충분히 제 할 일을 다 한 셈이
다. 누구든 타인의 삶에 대해 왜 라고 묻기는 쉽지만 대답을
찾기는 어렵다. 세상을 떠난 그에게 왜 라고 묻기 힘들 듯 스
크린 속에서 하루하루 살아가는 그녀에게 왜 라고 물을 수도
없다. 만약 그가 병이나 사고로 세상을 떠났으면 어땠을까. 인

류는 그런 순간을 위한 매우 훌륭한 발명품을 이미 가지고 있다. 바로 신이다. 그럴 때면 우리는 신에게 질문을 한다. '왜 그여야만 했나요' 혹은 '왜 나여야 했나요?' '왜 당신은 이처럼 빨리 혹독하게 무자비하게 그를 데려가고, 그리고 나를 남겨놓나요'라고 하지만 묻는다 한들, 신이 답할 수 있을까. 세상엔 답할 수 없는 것이 답을 구할 수 있는 것보다 훨씬 더 많다. 만일 남편이 유서를 써놓았다고 할지언정 그 유서가 답변이 될 수 있을까.

○

"눈에는 비치지 않지만 때때로 저렇게 해면에서 빛이 날뛰는 때가 있는데, 잔물결의 일부분만을 일제히 비추는 거랍니다. 그래서 멀리 있는 사람의 마음을 속인다, 고 아버님이 가르쳐주었습니다. 대체 사람의 어떤 마음을 속이는지는 확실히 모르지만, 그러고 보면 저도 어쩌다 그 빛나는 잔물결을 넋을 잃고 바라볼 때가 있습니다. 풍어 같은 걸 해본 적이 없는 이 근방 어부 나부랭이들의 흐리멍덩한 눈에 한순간 꿈을 꾸게 하는 불온한 잔물결이라고, 아버님은 말하고 싶었는지도 모릅니다. 그래도 그 이야기를 들었을 때 저에게는 좀 다른 의미가 있는 듯했습니다. 그냥 그런 기분이 들었다는 것일 뿐, 그게 대체 어떤 것인지 저로서는 알 수가 없습니다." '환상의 빛'은 사실 작은 파도들에 불과하지만 커다란 물고기 때의 등지느러미처럼 보이는 빛의 교란을 의미한다. 실체는 다르지만 인간의 눈에는 다르게 보이는 아름다운 빛, 그게 바로 환상의 빛이다. 그러니까 그것은 우리가 살아가고 있는 일상의 저편에 놓인 일종의 환상이며 비현실이다.

환상의 공간이 빛으로 반짝인다면 아마도 일상의 공간은 칙칙한 무채색과 어두움으로 가득할 것이다. 우리의 일상이란 건 너무나 소소한 것들이라서 그렇게 유혹적인 빛을 내지 못하기 때문이다. 그 환상의 빛은 일상 너머에 있기에 더 아름답다. 신기루와도 같은 그 빛은 한편, 이 땅에 발을 딛고 살아가는 우리로서는 이해할 수 없는 아름다움의 영역이기도 하다. 무참히 그 아름다움을 받아들일 뿐 이해하거나 설명할 수 없는 빛인 셈이다.

스물여섯 남편이 가버린 곳이 그 아름다운 빛의 세계라면 그녀가 남아 있는 삶의 공간은, 한국인 한 씨의 입 속에서 빛나고 있는 금니의 반짝임 같은 것일 테다. 광선의 빛과 대조되는 광물의 탁한 빛. 그녀는 그 순간에는 미처 깨닫지 못하지만, 한 씨의 그 광물성 빛에 담담한 위로를 얻는다. 그건 죽음보다 삶이 더 강인하며 소중하다는, 거의 무의식적인 깨달음과도 같다.

남편의 갑작스러운 죽음은 그녀에게 죄책감과 무력감을 준다. 그건 어린 시절 치매 걸린 할머니의 외출을 완강히 잡지 못했던 그녀의 죄책감과 연결된다. 시코쿠 섬에 살던 할머니는 언제나 고향으로 돌아가고 싶어 했는데, 어느 날 발작처럼 집을 나간 할머니가 다시는 돌아오지 않는다. 영화에는 없지만 소설에만 있는 의미심장한 장면이 있는데, 할머니가 사라진 후 경찰들이 혹여나 그녀의 아버지가 할머니를 살해하고 다다미방 밑에 파묻은 것은 아닐까 의심한 장면이다. 경찰이 다다미를 걷고 땅을 파헤쳐봐도 좋냐고 물었을 때, 그녀는 몹시 조마조마함을 느낀다. 그런데 막상 땅을 다 파헤치고 나서 아무 것도 나오지 않자 그녀는 그제서야 할머니의 실종과 죽음에 자신의 직접적인 잘못은 없음을 인정한다. 후련한 마음으로 죄의식으로부터 벗어나는 것이다.

다다미를 걷어내고 흙바닥을 뒤집는 것, 사실 살면서 우리는 한 번쯤 이렇듯 내면을 뒤집어 무의식의 침전물을 걷어낼 필요가 있다. 말하자면, 소설『환상의 빛』은 남편의 자살이라는 침전물을 7년의 시간이 흐른 후 걷어내는 이야기라고 할 수 있다. 삶과 뒤섞여 부유물처럼 떠돌던 남편의 잔재는 시간이 흐르자 추억과 사랑, 원망과 죄의식으로 구분되어 버릴 것과 간직할 것으로 나뉜다. 살기 위해서는 결국 이런 과정을 거쳐야만 한다. 남편의 죽음은 이미 기정사실이고 그가 따라간 환상의 빛은 결코 삶의 빛이 될 수는 없기 때문이다. 그녀는 삶 가운데서 둔탁한 빛을 따라 걸어가야만 하기 때문이다.

환상과 일상의 대조는 소설 여러 군데에 놓여 있다. 젊어 죽어 나이 들지 않는 남편이 환상의 빛이라면 호텔 요리사로 일하는 재혼남 다미오는 투박한 광물성 빛에 가깝다. 그는 차분하고 부드러운 남자이면서 그녀를 정중하게 대해준다. 전 부인과의 사이에서 태어난 도모코도 잘 따라준다. 죽음의 허물을 벗고 삶의 옷을 입는 것, 소설『환상의 빛』은 환상의 빛을 통해 다시 삶을 이야기한다.

○

영화 〈환상의 빛〉을 연출한 고레에다 히로카즈 감독은 죽음이 던지는 질문과 삶이 부여하는 아이러니를 담담히 천착하고 들여다보는 것으로 정평이 나 있다. 〈환상의 빛〉은 그의 스타일의 원형을 살펴볼 수 있는 수작이다. 원작 소설이 가까스로 자신의 삶을 재구성하려는 미망인의 내면을 보여준다면 영화는 그런 그녀를 거대한 삶의 한 가운데에 놓인 피조물로 그려 넣는다. 항구의 거친 해풍과 해명은 그녀가 느끼는 개인적인 혼란을 그럴듯한 공감의 지점으로 제공한다. 소설이 그녀를 이해하도록 한다면 영화는 그녀에게 공감하도록 이끈다.

남편이 왜 그렇게 세상을 떠나야만 했는지 소설을 읽어도 영화를 보아도 답을 찾을 수는 없다. 다만 그녀가 외마디 비명처럼 남편에게 "왜 그가 죽었는지 모르겠어요"라고 외칠 때, 그녀가 내면의 방에서 한 걸음쯤 걸어 나와 세상과 말을 트고 있음을 발견할 수는 있다. 스물다섯에 남편을 잃었던 그녀가 서른두 살이 되어서야 처음으로 그 고민을 입밖에 내놓는다. 이 외침은 비명이기도 하지만 살아가기 위해선 한 번쯤

내뱉어야 하는 필연적 절규이기도 하다. 정말 깊은 고통은 쉽게 말이 되지 않는다.

고레에다 히로카즈는 이 쉽게 말이 되지 않는 고통을 영상언어로 그려내는 데 탁월한 솜씨를 보여준다. 그것은 아마도 현란한 시각 장치나 음향이 아니라 관조적으로 바라보는 끈기에서 비롯된 온기일 것이다. 그렇게 내버려둘 수 있는 따뜻한 배려 덕분에 고레에다 히로카즈 영화 속 인물들은 보이지 않는 성장을 하고, 고통의 무게를 조금 내려놓는다.

소설과 영화가 남편을 잃은 아내에 집중하는 것이 아니라 이미 재혼을 하고, 그 삶에 꽤나 잘 적응해나가는 그녀를 보여주는 이유도 여기에 있다. 환상적인 죽음의 빛은 우리를 간혹 유혹한다. 그것은 결코 이해할 수 없는 남편의 부재이기도 하다. 하지만 삶은 그렇게 죽음 가운데에서도 나아간다. 다만 그렇게 세상을 떠난 그가 "얼마나 쓸쓸하고 불쌍한 사람이었을까" 힘껏 울어주면 되는 것이다. 삶은 그 이후에도 지속되어야 하기 때문이다.

누군가
죽어야만 하는 사랑

열정을 뜻하는 'Passion'의 어원은 공교롭게도 고통(Pathos)과 같다. 간혹 영화 〈패션 오브 크라이스트〉 같은 작품의 제목이 '예수의 고난'이 아니라 '예수의 열정'으로 번역되는 우스꽝스러운 사태도 이것과 연관된다. 사실, 사랑이란 하나의 사회적 코드다. 아니 유보적으로 말해 사랑의 일부인 연애는 사회적 코드라고 말해두자.

○

우리는 코드에 따라 감정을 형성하고, 표현하고, 교환한다. 연애를 시작하기 위해서는 누군가가 '호감'을 전달해야 하고, '고백'의 형식을 취해야 하며, '열정'을 주고받아야 한다. 물론 이런 공식 코드는 21세기를 살아가는 우리에게 익숙한 것이다. 한때는 표현하지 않고 반어적으로 전달하는 궁정식 연애가 당대 연애의 중심 코드인 적도 있었고, 목숨을 걸고 모든 것을 바치는 것이 연애의 코드가 되기도 했다.

우리는 사랑을 통해 나만의 정체성을 갖게 된다고 여긴다. 아니 믿는다. 하지만 엄밀히 말해 사랑은 정체성, 즉 자기 동일성이 아니라 종적 보편성을 확보하는 하나의 과정이다. 코드화된 연애는 개인의 감정을 사회적으로 통용 가능한 매체로 옮긴다.

연애를 할수록 나만의 고유한 존재가 되는 게 아니라 사회가 요구하는 남과 같은 비슷한 사람이 되어간다. 남들이 사용하는 기술, 남들이 쓰는 표현, 남들이 가는 과정을 고스란히 따라가는 것, 내가 되는 게 아니라 남들과 비슷한 우리 혹은 그들이 되기 위해 필요한 것, 그게 바로 연애다. 그래서 로맨스는 장르적 법칙이 되어 잘 되면 로맨틱 코미디, 안 되면 멜로드라마로 변주된다. 처음 만나, 사랑에 빠지고, 약간의 장애물을 경험한 후 그것을 이겨내는 것은 사랑의 공식 중 가장 보편화된 양식이다.

연애의 공식은 세월에 따라 그 얼굴을 바꾼다. 『돈키호테』가 조롱한 로망스식 열정은 어떤가, 여성을 순수하고 높은 이상에 올려두고, 가질 수 없기에 더 아름다운 그녀라고 숭앙하는 그런 방식 말이다. 열렬한 열병이나 정신병처럼 열정적 외연을 가져야 연애다울 때도 있었지만, 정숙하고, 점잖고, 절제하는 것이 제대로 된 연애의 표상이 될 때도 있었다.

그런데 때로 그 '코드'나 '약속'으로 전혀 이해할 수 없는 사랑이 있다. 마치, 누군가 연애를 하는 대상 중 하나가 끝나야만 마침표를 찍을 수 있다고 믿는 듯한 사랑, 죽은 연인의 신체 일부를 몸에 간직한 채, 서로 하나가 되었다고 믿는 여자, 그런 연애라면 그 연애는 열정인가 아니면 고통의 향연인가. 비로소 파괴해야 완성되는 사랑, 그런 연애엔 인간의 어떤 숨겨진 조각이 담겨 있는 것일까.

오시마 나기사 감독의 〈감각의 제국〉은 포르노그래피다.

포르노그래피라는 것은 무엇일까. 외설 그러니까 사람이 욕망하는 것을 부분적으로 확장해 그것을 포장하거나 변이하지 않고 고스란히 드러내는 것, 그 충동의 표상이 바로 포르노그래피일 것이다. 〈감각의 제국〉은 그런 점에서 분명히 포르노그래피라고 할 수 있다. 감독 스스로도 포르노그래피로서 〈감각의 제국〉을 만들어내지 않았던가.

흥미로운 것은 영화의 주된 뼈대라고 할 수 있을 사건, 한 여성이 연인이었던 남성의 성기를 잘라 자신의 성기에 넣고 다니다가 발각된 엽기적 사건이 실화라는 것이다. 엄밀히 말해, 여자 아베 사다가 남자 기치조를 죽였다. 즉 살해한 연인의 사체 일부를 자신이 지니고 다닌 셈이다. 고급 술집의 종업원으로 들어간 아베 사다는 그곳에서 주인인 기치조와 만나고 사랑에 빠지게 된다. 그런데 기치조에 대한 사다의 사랑은 점점 더 집착적이며 난폭해지고 마침내 두 사람은 소위 변태적 사랑을 탐닉한다. 사다는 어쩌면 기치조가 다른 여성을 만날 수도 있다는 생각, 아내에게 돌아갈 수도 있다는 생각에 집착하며 결국 그의 성기를 자르려 한다. 점점 더 난폭해지는 관계 속에서 마침내 기치조는 자신을 죽이라고 말하고,

사다는 그의 목을 조른다. 사다는 "사다와 기치조, 둘이서 영원히"라는 글씨를 피로 물들인다.

영화 〈감각의 제국〉은 제국주의에 물들어 있던 당시 일본에 대한 치욕적 냉소를 보이는 작품이다. 기치조가 허술하게 풀린 잠옷을 입고, 게다를 끌고 유유히 걸어가는 방향 반대로 목까지 여민 군복을 입고 오와 열을 맞춰 걸어가는 젊은 군인들은 제국을 바라보는 감독의 시선을 고스란히 반영한다. 그들이 살육과 피의 제국으로 걸어간다면 기치조는 감각의 제국으로 걸어가는 것이다. 피의 제국의 끝이 파멸과 죽음이라면 감각의 제국의 끝에도 결국 파멸과 죽음만이 있을 것이다.

○

사랑하는 연인을 죽여서라도 소유하겠다는 아베 사다의 집착은 그러나 그렇게 낯선 것만은 아니다. 천운영의 단편소설 「바늘」에는 매우 못생긴 문신사가 등장한다. 그 문신사에게는 아름다운 색의 실과 바늘로 곱게 수를 놓던 어머니에 대한 기억이 남아 있다. 못생긴 그녀가 바늘로 문신을 새긴다면 어머니는 그 고운 실로 더 아름답고 순결한 수를 놓았다. 그런 어머니는 평생토록 마음에 두고, 열정을 쌓았던 주지스님을 자신이 죽였다는 엉뚱한 자백을 한다. 누가 봐도 주지스님은 자연사한 것으로 여겨지는데 어머니만은 그를 자신이 죽였다고 말한다.

딸은 아름다운 식물성 여인이 주지 스님을 죽였으리라고는 믿지 못한다. 하지만 어느 날 어머니의 바늘 쌈지에서 뾰족한 바늘 촉이 모두 잘려나간 바늘 뭉치를 발견하게 된다. 그리고 어머니가 어느 날 혼잣말처럼 말했던 어떤 저주를 기억하게 된다. "바늘을 잘게 잘라 매일 마시는 녹즙에 넣어 봐. 가늘고 뾰족한 바늘 조각은 내장을 휘돌아 다니면서 치명적인 상처들을 만들지. 혈관을 따라 심장에 이르면 맥박을 잠재우며 죽음을 부르는데, 아무런 외상이 없어." 그러니까, 그녀, 엄마 김형자는 스님을 천천히 죽였던 셈이다. 사랑했기 때문에, 그러나 그 스님이 그녀에게 열정을 돌려주지 않기 때문에, 엄마가 할 수 있었던 것은 면도칼을 들고 스님의 머리를 깎아주는 것밖에 없었기 때문에, 그러나 그 정도의 접촉으로는 엄마의 열정을 다할 수 없었기에 결국 스님이 없어져야 했던 것이다.

이 파괴적인 사랑을 뭐라고 불러야 할까. 결국 당신을 세상에서 파멸시켜야만 만족되는 사랑, 봄날의 아름다운 나비와 같이 곱고 부드러운 날개를 손에 쥐어 나뿐만 아니라 아무도 갖지 못하게 해야 마음이 놓이는 사랑. 만일, 죽음이 영원한 소유의 유일한 방식이라면 그 사랑은 온전한 것일까, 그렇지 못한 것일까.

무릇 호모 사피엔스, 동물로서의 인간이라면 사랑은 개체를 보존하고 존속하기 위한 생물학적 본능의 반영일 것이다. 그러나 때로는 이렇듯 죽음으로만 해결되는 사랑도 있다. 마치 브론스키를 너무나도 사랑하지만 그가 결국 자신을 버릴게 두려워 모르핀에 중독이 되고, 그럼에도 사라지지 않는 불안을 끊기 위해 달려오는 기차에 몸을 던진 안나 카레니나처럼 말이다. 만일 스스로 우리가 우리 안의 열정을 다스리지 못한다면 그것은 곧 고통의 근원이 되고 말 것이다. 열정이 고통이 되는 연애는 코드화를 넘어선 그리고 동물의 본능을 넘어선 어떤 지경으로 비춰봐야 할 것이다. 때론 죽음의 미궁이 인간이 지닌 수많은 의문의 필연적 종착점일지도 모르겠다.

Chapter 2

슬프되,
우울하지 않게

예민한 우울과
죽음의 기운

에드거 앨런 포의 단편소설 「어셔가의 몰락」(『에드거 앨런 포 단편선』, 전승희 옮김, 민음사, 2013)은 이렇게 시작한다. "하늘엔 음침한 구름이 끼어 있는, 어둡고도 고요한 정적이 깃든 어느 가을날, 나는 어떤 황량한 지방을 혼자서 종일토록 말을 달리고 있었다. 그리하여 저녁놀이 깔리기 시작할 무렵에야 음침한 어셔 가의 저택이 보이는 곳까지 당도할 수 있었다. 어째서 그랬는지는 모르지만, 그 건물을 처음 보았을 때, 견딜 수 없이 우울한 기분이 나의 마음속에 스며들었다. 나는 방금 견딜 수 없다는 표현을 사용했는데, 그 이유는, 황량한 것이라든가 무서운 것들이 자연 속에서 보이는 냉연한 모습을 접했을 때, 사람의 마음은 대개 무엇인가 시적인, 그리고 거의 쾌적한 정서를 느끼기 마련인 것이나, 지금의 경우 나의 우울한 감정은 그러한 정서에 의해서 조금도 누그러지지 않았기 때문이다. 나는 눈앞에 펼쳐진 광경- 아무런 특이한 점도 없는 그 저택, 집안의 평범한 풍물, 쓸쓸한 기분이 감도는 벽, 공허한 눈을 연상케 하는 창들, 몇 개의 무성한 사초, 몇 그루의 늙고 썩은 나무들의 버석버석한 둥치들을 아주 을씨년스러운 기분으로 바라보았다. 이러한 기분에 가장 알맞게 현실적인 비유를 한다면 아편쟁이의 약 기운이 깰 무렵의 그 허접함, 일상생활로 되돌아가는 그 쓸쓸함, 신비로운 장막이 내리덮일 때의 스산한 감정 등일 것이다. 얼음과 같이 차가운 물속에 잠기는 것과 같은, 구역질이 나는, 아무리 상상력을 이끌어내보아도 도저히 숭고한 기분으로 전환시킬 수 없는 그런 외로운 심정이었다."

○

우울함에 대한 이토록 탁월한 묘사가 있을까. 때는 가을이고, 하늘엔 음침한 구름이 끼어 있다. 마침 저녁놀이 깔리기 시작할 때, 그러니까 어둠이 시작될 때 그는 어셔가의 저택에 닿는다. 그것을 보자마자 그는 우울을 느낀다. 그 우울이란, 나무 밑 썩은 둥치의 느낌이며 중독자가 약에서 깨어날 때의 환멸과 가깝다. 아니 얼음처럼 차가운 물에 담기는 기분이다. 우울을 의미하는 멜랑콜리의 어원은 어둡다는 의미의 멜랑Melan과 담즙을 뜻하는 콜레Cholē의 결합에서 비롯되었다. 어두운 체액, 그러니까 어떤 점에서 우울증은 어떤 환경의 결과라기보다는 타고난 기질이나 성향으로 여겨지곤 했던 것이다.

고딕 문학의 최전선에 섰던 작가 에드거 앨런 포에게 있어 우울은 빼놓을 수 없는 특징이다. 특히 음습하고 음험한 분위기가 장르적 선제조건인 고딕 문학에 있어서 「어셔가의 몰락」의 이 첫 묘사는 거의 지침이자 교과서적 전형으로까지 여겨진다. 이 우울한 세계에서 화자인 '그'가 만나는 것은 다름 아닌 죽음의 기운들이다. 즉 살아 있고 생기 있는 나무가 아니라 늙고 썩은 나무들, 아침이 아니라 저녁과 같은 소멸의 기운들이 곧 우울의 흔적이자 기괴함의 근원이었던 것이다.

아니나 다를까, 어셔가의 저택은 회색빛이나 늪으로 묘사된다. 그리고 그 저택 안에는 살아 있다고는 하지만 썩은 나무둥치처럼 거의 삶의 기운을 느낄 수 없는 주인 어셔가 살고 있다. 그런데 이 주인 어셔는 단지 기운이 없거나 허약해보이는 게 아니라 무척이나 예민하고 신경적으로 쇠약해보인다. "인생에 권태를 느끼고 있는 세속적인 인간의 부자연스러운 노력" "소름이 끼칠 만큼 창백해진 피부의 빛깔, 이상한 빛을 뿜는 눈"을 가진 로데릭 어셔, 말하자면 그는 중증 우울증 환자라고 할 수 있다.

그는 병적으로 예민해진 감각 때문에 고민하고 있다. 살아 있다는 것은 우리 몸에 뚫린 구멍으로 세상과 접속하는 행위의 연속이기도 하다. 색성향미촉, 불교에서 말하는 세속의 공간은 우리의 신체에 뚫린 구멍을 통한 세상과의 접촉을 의미한다. 색(보고), 성(듣고), 향(냄새 맡고), 미(맛보고), 촉(손)을 감각한다. 우리가 오감이라고 부르는 것들은 살아 있음의 증거이기도 하고 그렇기에 살아 있음의 기쁨이며 환희이고 고통이기도 하다. 말하자면 로데릭 어셔는 이 감각이 지나치게 예민해져 오히려 고통만 느끼는 상태로 묘사된다. "병적으로 예민해진 감각 때문에 그는 몹시 고민하고 있었다. 아주 싱거운 음식 이외에는 어떤 음식도 입에 맞지 않았다. 입는 것도 특정한 천으로 된 의복에 한정되어 있었다. 꽃 냄새까지 모두가 괴롭게 느껴지는 것이었다. 눈은 약한 빛에도 고문당하는 고통을 느꼈다."

에드거 앨런 포가 불교나 색성향미촉을 알리는 없었겠지만 포의 소설 속 주인공 로데릭 어셔가 토로하는 증상은 모두 감각의 고통이다. 살아 있는 사람, 삶의 에너지를 즐기는 사람에게는 쾌락의 창구인 것들, 오히려 너무 많이 원해 그 욕망의 노예가 되게끔 하는 그 감각들이 오히려 로데릭 어셔에게는 필요 없는 과장이며 고통의 근원일 뿐이다. 그의 우울은 평범한 사람들이 즐기는 감각적 쾌락에 전혀 동참할 수 없는 데서 비롯된다.

그리고 이렇듯, 감각적 쾌락으로부터 멀어진 사람들을 볼 때 우리는 우울한 사람이라고 부르곤 한다. 대개의 사람들이 원하는 것을 원치 않고, 대개의 사람들이 하고자 하는 것을

할 마음도 없어 보이는 사람, 그런 점에서 그는 삶보다는 죽음쪽에 가깝다. 만약 우리가 우울한 기운을 가진 사람들을 멜랑콜리라는 체액형 인간으로 격리해 다루고자 해왔다면, 이는 바로 우울증 환자들이 뿜어내는 삶보다 죽음에 가까운 애착 때문이었을 것이다. 감각의 세계를 역겨워하고, 무와 정적으로 이뤄진 죽음의 세계를 편안하게 느끼는 것, 그것은 욕망의 노예로 살아가는 평범한 사람들에겐 꽤나 자기파괴적인 선동으로 받아들여졌을 법하다. 삶보다 죽음을 더 가깝게 느끼고, 찬양하는 사람 그래서 그 죽음의 빛을 찬양하는 사람은 법과 질서의 세계에서 불필요하고 위험한 사람으로 여겨져왔던 것이다.

○

흥미로운 것은 많은 예술가들이 로데릭 어셔처럼 지나치게 예민한 감각으로 인한 고통을 호소하는, 우울증 환자임을 자처한다는 사실이다. 가령 우울증을 아예 영화 제목으로 내세운 〈멜랑콜리아〉의 감독 라스 폰 트리에만 해도 그렇다. 영화 〈멜랑콜리아〉는 제목 그대로 우울증의 세계를 그려내고 있다. 주목해야 할 것은 중증 우울증에 시달리는 여자 주인공 저스틴이 대재앙 앞에서 오히려 당당하고 담담한 모습을 연출한다는 사실이다.

영화 〈멜랑콜리아〉는 저스틴의 결혼과 지구와 멜랑콜리아 행성의 충돌이라는 두 개의 이야기로 구성되어 있다. 결혼 이야기가 지극히 사실주의적이며 세속적인 스토리라면 지구와 행성의 충돌은 완전히 허구적인 판타지라고 할 수 있다. 그런데 중증 우울증 환자인 저스틴은 결혼이라는, 대개 인간이라면 누구나 경험하는 평범한 체험에 무척이나 곤란과 불편을 호소한다. 결혼식은 그녀에게 너무나 어려운 난제다. 사실 중증 우울증 환자인 그녀는 삶보다는 죽음에 더 편안함과 친근함을 느낀다. 그런데 결혼이라니. 결혼이란 종족 보존과 번식이라는 생의 에너지로 가득찬 사피엔스의 생존 본능에 문명적이며 전통적인 양식을 덧씌운 행위가 아니었던가. 즉, 결혼이란 생의 에너지로서의 핵심인 셈이다.

그러니 우울증 환자인 저스틴에게 결혼은 너무나도 불편하고 소모적이며 무의미한 행위일 수밖에 없다. 스스로의 개체를 유지해야 할 필연적 이유도 찾지 못한 그녀에게 인생의 동반자나 새로 태어날 아이와 같은 미래는 전혀 생각해본 적 없는 것이기 때문이다. 그런데 오히려 그랬던 그녀가, 지구를 향해 달려오는 멜랑콜리아 행성을 맞이할 때, 즉 대재앙을 맞이할 때는 너무나 담대하고 차분하게 그것을 받아들인다. 말하자면 우울증 환자에게 있어 재앙이나 죽음은 삶의 우연성이나 의외성이 아니라 필연성이기 때문이다. 삶이 생동의 에로스에 의해 조율되는 게 아니라 필연적 종착지로서의 죽음에 의해 운용된다고 믿기 때문이다.

삶이란 새로운 생명을 창조하려는 에로스의 생기로 이어지고 또 확장된다. 만약 우리의 삶을 이끄는 이 에로스가 없다면 과연 이 세상이 얼마나 삭막할 것이며 또 음험할까. 하지만 인류 모두가 마치 생존만을 위해 번식하는 에로스 동물로서 죽음의 필연성을 외면할 필요는 없을 것이다. 잠수함 속의 토끼처럼 누군가는 매우 예민하게 우리 삶 곳곳에 스며들어 있는 죽음과 재앙의 기운을 느끼며, 그 안에서 죽음에 대한 면역을 키우고 파괴에 대한 감각을 기르고 있어야 한다.

사실 그게 바로 예술의 몫이다. 대개의 사람들이 더 나은 나, 더 부유한 내일, 더 편안한 미래를 위해 검은 담즙의 스위치를 꺼둔다면 누군가는 그것을 주시하며 예민하게 기운과 증상을 읽어내야 한다. 그래서 오히려 더 담담하게 새로운 출발을 준비할 수 있게, 결국, 파괴와 파멸 역시 삶의 원대한 계획 속 일부라는 것을 알려주는 것, 그게 바로 예술가의 우울이며 그 우울의 효용 아닐까 싶다.

10대 그리고
죽음이라는 유혹

10대, 나의 10대를 돌이켜보자면, 지독히도 예민했던 그래서 외롭고 힘들었던 시기로 요약된다. 감수성이 예민한 건 축복으로 여겨지지만 민감한 사람에게 10대는 때로 재앙일 때가 있다. 우리가 성장소설이라고 부르는 소설에서 만나는 혼란도 그런 것일 테다. 예민한 아이를 키우는 데 생각보다 큰 책임이 뒤따르는 이유도 여기에 있다. 다치지 않고 그 감성을 키워주는 게 여간 어려운 일이 아니기 때문이다. 한편 사카구치 안고의 말처럼 아이들은 아무리 눌러도 자란다. 즉 어떤 아이도 부모의 뜻대로 키울 수 없고 어떤 아이도 부모의 영향권 밖에서 클 수는 없다. 이 모순 어법 가운데서 하나의 영혼이 커간다. 그렇다면 예민한 10대에게 정말 필요한 것은 무엇일까. 그것은 바로, 친구 그리고 훌륭한 문학이다. 그것도 죽음에 대해서 이야기 나눌 수 있는 친구와 문학 말이다.

성장소설의 대표작이라고 말할 수 있는 헤르만 헤세의 『데미안』에서 주인공인 싱클레어가 데미안을 처음 만난 시기는 바로 싱클레어를 괴롭히던 친구가 등장했을 때다. 또래에 비해 덩치도 크고, 꽤나 어른들의 세상에 익숙했던 크로머는 데미안을 위협하며 돈을 요구한다. 아버지의 주머니와 지갑에서 돈을 빼올 수밖에 없던 데미안은 심각한 갈등을 경험한다. 그건, 부모님을 속이는 행위이기도 했지만 무척이나 굴종적인 일이었기 때문이다. 그때, 데미안이 나타나, 크로머로부터 싱클레어를 구해준다.

철이 들고 나서, 다시 읽었을 때, 흥미로웠던 점은 데미안이 어떤 방식으로 크로머를 혼쭐을 내고 또 싱클레어로부터 떼어놨는지, 그 방법이 자세히 서술되어 있지 않다는 점이다.

그냥 그렇게 거의 신비체험처럼 데미안은 싱클레어에게 다가온다. 그리고, 마지막 순간, 싱클레어가 전쟁 중 부상을 당해 생사의 기로에서 헤맬 때, 마지막으로 나타났다가 사라진다. 데미안은 싱클레어로 하여금 죽음의 위기로부터 그를 구해 다시 죽음의 위기에서 한 줄기 빛처럼 나타났다가 사라진다.

10대 시절 친구는 아마 크게 두 가지로 나뉘지 않을까 싶다. 죽고 싶을 만큼 나를 힘들게 만드는 친구와 반대로 그런 정서의 우물로부터 나를 끌어내주는 친구. 10대에게 있어 죽음의 그늘이 어떤 것인지 또 친구의 죽음이 나를 어떻게 성장시키는지 보여주는 두 편의 소설은 이 친구의 역할을 잘 보여준다. 스티븐 크보스키의 소설 『월플라워』(권혁 옮김, 돈을새김, 2012)와 이미 고전이 된 소설 N. H 클라인바움의 『죽은 시인의 사회』(한은주 옮김, 서교출판사, 2004) 말이다.

○

아이들은 누구나 상처를 가지고 자란다. 프로이트는 이를 '트라우마'라는 단어로 개념화한 바 있다. 지금, 친구에게 편지를 쓰고 있는 소년 찰리 역시 그렇다. 그런데 찰리의 상처는 분명히 서술되지는 않는다. 다만 헬렌 이모와 관련된 것이라고 암시될 뿐.

소설 『월플라워』는 한 아이의 죽음으로부터 시작된다. 마이클이라는 이름을 가진 한 학우가 세상을 떠났다. 문제는 찰리에게 있어 마이클의 죽음이 단순히 학교 내 한 아이의 죽음이 아니라 "나의 불행"처럼 여겨진다는 사실이다. 그렇다고 찰리가 마이클과 무척 친하거나 가까웠던 것도 아니다. 다만 "학교 내에 떠돌던 소문들이 번번이 현실이 되는 것"에 궁금증을 가진 소년이며, 그 소문이란 다름 아니라 "마이클이 자살했다"고 아이들이 공공연히 떠들고 다니던 소문이라는 것이다.

영화화된 『월플라워』의 첫 장면은 이를 좀더 명확히 해준다. 영화의 주인공이 된 찰리는 10대의 목표를 죽지 않고 지나가는 것으로 세운다. 그만큼, 죽음이 10대인 찰리의 곁에 견고히 머물고 있다는 것이다. 찰리에겐 딱히 죽고 싶은, 혹은 죽고 싶어 할 만한 현실적 이유가 없다. 부모님 모두 꽤나 합리적이며 다정하고, 서로의 사이도 나쁘지 않다. 아버지는 세상 사람들에게 눈을 돌리라고 말할 만큼 현명하며 어머니는 언제나처럼 구석구석 청소를 하는 평범한 여성일 뿐이다. 누나나 형도 오히려 평범함 이상이다. 형은 동생을 괴롭히긴커녕, 동생을 위해서는 언제든지 달려올 준비가 되어 있다. 누나는 전 과목 만점을 받는 수재다.

하지만 찰리는 오히려 그런 것들이 자신을 더욱 외롭게 만든다고 말한다. 말하자면 찰리의 외로움이나 고독, 우울에는 어떤 구체적인 현실의 이유가 없는 것이다. 그러나 사실 이러한 고독이야말로 위협적인 것이기도 하고, 또 근원적인 것이기도 하다. 우리가 꼭 무엇인가 결핍되어서 고독을 느끼는 것은 아니다. 다만 누군가에게는 그 원인 없는 고독이 더 깊게 느껴질 뿐이다. 그런 찰리에게 학교 또한 위안이 되지 못한다. 그럴 때, 두 명의 아이들이 나타난다. 바로 샘과 패트릭이다. 그들은 마치 연인처럼 보였지만 남매다. 그런데 인상적인 것은 이 아이들이 처음 만나서 나누는 대화다.

○

"아마 스미스일 거야. 그들이 부른 〈어슬립〉을 좋아하거든. 하지만 진짜 좋아하는 건지 정확하진 않아. 그 곡 외에는 아는 곡이 거의 없거든."

"어떤 영화를 좋아해?"

"솔직히 잘 모르겠어. 내가 보기엔 다 그저 그런 것 같아."

"책은?"

"피츠제럴드의『천국의 이쪽』을 좋아해."

이 첫 대화를 통해 찰리는 샘과 패트릭이 자신과 공감할 수 있는 친구들임을 직감한다. 그리고 그날 이후 학교가 아닌 두 사람을 통해 세상을 배우고, 살아갈 이유를 찾아가며, 또 정확히 기억나지 않지만 분명히 느껴지는 어릴 적 상처를 치유해나간다. 비록 동갑은 아니었지만 그들은 이렇듯, 음악과 소설, 영화를 통해 말하지 못하는 상처를 은유적으로 고백하고 또 그것에 대해 치유받는다. 아이들은 존 케루악의『길 위에서』를 함께 읽고,『피터 팬』과『호밀밭의 파수꾼』을 읽고 서로 이야기를 나눈다. 그리고 자신만의 취향이 담긴 믹스 테이프를 만들어 선물한다. 친구란 그러니까, 죽음에 대한 고통까지 함께 나누는 친구란 바로 이런 것이란 듯이 말이다.

정말 인상적인 것은 소설의 마지막 부분이다. 학년이 달랐기에 샘과 패트릭은 결국 찰리보다 먼저 고등학교를 떠나게

된다. 이후 찰리는 패닉에 빠지게 되고 거의 두 달간 병원 신세를 지게 된다. 그렇게 죽음처럼 깊게 앓고 난 이후, 찰리는 드디어 10대의 우울에서 빠져나오게 되었다고 고백한다.

10대의 결핍, 죽음에 대한 유혹 그리고 이유 없는 우울은 친구의 도움으로 견딜 수 있다. 하지만 결국, 마지막 출구는 단 하나의 나, 개인 앞에만 열려 있다. 도움을 받지만 빠져나올 땐 혼자만의 힘이 필요한 것이다. 마치 싱클레어가 결국 어른이 되었을 때, 데미안이 영영 사라져 돌아오지 않았던 것처럼 말이다.

○

가장 두려운 것 중 하나는 그러므로, 친구의 죽음일 것이다. 『죽은 시인의 사회』에서 최고의 명문고를 다니는 소년들은 '시'를 통해 다른 세계를 만난다. 그들은 엄격한 규율과 강압적 어른들의 세계에서 벗어나 자신들만의 동굴에 자신들의 세계를 만든다. 흥미로운 것은 그들의 비밀이 바로 시라는 것이다. 테니슨의 「율리시스」, 아서 오네시의 시, 헨리의 시를 읽으며 그들은 자신들 앞에 그어져 있는 하나의 행로에 대해

돌이켜보고, 분노하고, 자유를 느끼기도 한다. 소년들은 헨리 데이비드 소로의 말을 인용하며, "나는 인생의 참맛을 마음속 깊이, 그리고 끝까지 맛보며 살고 싶다."고 말한다. 그러므로 그들은 죽은 시인의 사회이며, 그 일원이 되는 셈이다.

이 시의 운율에 가장 격정적으로 응답한 아이는 바로 '닐'이었다. 닐은 연극 오디션에 참가해 배역을 맡고, 또 훌륭하게 해낸다. 하지만 연극, 오디션, 배우는 아버지가 정해놓은 인생의 행로에는 없는 단어다. 마침내 이 사실을 알게 된 닐의 아버지는 닐에게 군사학교라는 엄벌을 내린다. 물론 학교가 벌이 될 수야 없겠지만 웰튼학교의 엄격함도 숨막혀하던 닐에게 그런 처분은 끔찍한 징벌일 수밖에 없다. 결국, 닐은 아버지의 권총을 자신의 머리에 겨누고 세상을 떠나고 만다.

『죽은 시인의 사회』에 등장하는 닐의 죽음은 수많은 10대 서사에 등장하는 클리셰이기도 하다. 자신이 갖고 싶었던 낭만적 세계를 추구하지만 부모님, 기성세대의 억압에 눌려 기가 꺾인 순정한 10대의 순교로 그려진 자살. 그런데, 가만 보면 이는 어떤 의미에서 상징적인 죽음이기도 하다. 순교는 한 개인의 죽음이기도 하지만 종교적 메시지이기도 한 것과 마찬가지이다.

죽을 만큼 괴로운 게 10대다. 예민한 영혼에겐 더욱 그렇다. 그러나, 10대에게 죽음은 싱클레어와 찰리의 것처럼 상징적인 제의여야 하리라. 그 제의는 누구나 겪어야만 하는 말하자면, 하나의 알을 깨고 다른 세계와 접촉해야만 하는 의례일 것이다. 불행히도, 간혹 어떤 영혼에게 이 메시지는 실제의 일로 일어나기도 한다.

10대에 더 많은 문학과 예술을 접해야 하는 이유도 여기에 있을 것이다. 신화 속의 왕 미트리다테스는 독살을 두려워해 매일 조금씩 소량의 독을 먹었다고 한다. 문학과 예술도 그렇다. 우리가 문학과 예술에서 죽음을 접하는 것은 그 죽음이라는 미지의 공포로부터 면역을 얻고 삶을 살아가기 위해서다. 더 나은 삶을 살기 위해서는 어린 자신을 죽이고 성장한 스스로와 만나야 한다. 그리고, 그러기 위해서는 더 많은 죽음들을 미리 만나봐야 하는 것이다.

죽음을 모르는
어른은 없다

슬프되, 우울하지 않게

죽겠다는 그녀의 결정은 아주 단순한 두 가지 이유에 근거를 두고 있었다. 만약 그녀가 자신의 행동을 설명하는 쪽지를 남긴다면, 많은 사람들이 동감할 거라고 그녀는 확신했다. 이유가 명확했으므로.

(『베로니카, 죽기로 결심하다』, 파울로 코엘료 지음, 이상해 옮김, 문학동네, 2003)

○

　베로니카가 죽기로 결심한 이유는 두 가지로 압축된다. 하나는 그녀의 삶이 너무 뻔하다는 것이다. "젊음이 가고 나면 그 다음엔 내리막길이다. 어김없이 찾아와서는 돌이킬 수 없는 흔적을 남기는 노쇠와 질병들. 그리고 사라져가는 친구들. 이 이상 산다고 해서 얻을 건 아무것도 없었다." 두 번째 이유는, 세상이 점점 더 나빠지기 때문이다. 점점 더 나빠지는 세상에 스스로 할 수 있는 일이라고는 아무 것도 없다. 그러므로 자신이 세상에 아무 쓸모가 없다고 여기는 것이다.

　베로니카는 죽기로 마음먹는다. 문제는 죽음의 방식이다. 칼을 사용해 손목의 동맥을 그으려니 지금 세들어 살고 있는 수녀원에 못할 짓 같다. 루블라냐의 몇 안되는 높은 고층 빌딩에서 떨어질까 싶기도 하지만, 딸의 으깨진 두개골을 트라우마처럼 앓게 될 부모 걱정에 뒤로 미룬다. 권총자살, 투신자살 이 모든 방법을 생각해도 도무지 어울리는 죽음의 방식이 떠오르지 않는다. 사실 우스운 일이다. 죽기로 마음먹었는데, 도대체 죽음의 방식이 무슨 상관이 있을까? 하지만, 베로니카는 아니 많은 사람들은 헐리우드 여배우들처럼, 발견될 시신의 모습을 생각하며 죽음의 방식을 고민한다. 죽느냐, 마느냐가 아니라 어떤 시신으로 발견될까에 대한 고민이다. 사뭇, 이해하기 쉽지는 않다.

우리는 많은 문학작품과 영화에서 세상을 스스로 등지는 사람들을 만난다. 그 죽음은 하나로 열거하기 어렵다. 가령 어떤 죽음은 세상에 자신의 순결한 의지를 선언하는 방식이 되기도 한다. 순국이나 순애가 그런 죽음일 테다. 때로 어떤 죽음은 이미 예견된 죽음에 대한 조금은 능동적이며 인간적인 선택이 되기도 한다. 영화 〈노킹 온 헤븐스 도어〉에 등장하는 두 인물들이 그렇다. 말기암 환자인 그들은 하루, 이틀의 생명을 연장하느라 전전긍긍하지 않고 남아 있는 생애의 나날을 최대한 만끽하고자 한다. 의사와 병원의 입장에서 보자면 그들은 하루, 이틀의 삶을 스스로 반납한 것과 다르지 않다.

그리고 이런 죽음도 있다. 도무지 세상에서 살아가야 할 이유를 찾지 못하는 젊은이들이 죽음을 통해서 스스로의 존재감을 확인하는, 젊은 시절의 죽음. 살아갈 필요도, 특별한 의미와 의의도 찾지 못한 채 죽기로 결심한 베로니카도 그런

부류 중 하나일 것이다.

○

그런데, 죽음은 어떤 방식으로든 그 자국을 남긴다. 누군가 세상을 떠난다면 그 죽음이 살아남은 자들에겐 그을음처럼 남아버리는 것이다. 프로이트는 이를 가리켜 상실의 슬픔이라고 말한 바 있다. 누군가 세상을 떠났을 때, 그에게 주었던 마음의 에너지, 리비도를 되찾아 오지 못할 때, 남아 있는 사람은 우울증에 빠지게 된다. 누군가 세상을 떠났을 때 그 죽음에 어떤 문화적이며 제도적인 양식을 부여하는 이유도 여기에 있다. 삼일의 장례를 치르고, 입관을 하고, 화장을 하거나 매장함으로써 살아남은 자는 세상을 떠난 자에 대해 '할 일'을 모두 마치게 된다. 아니 마쳤다고 믿게 된다. 세상이 죽음의 처리 방식에 대해 약속된 제도를 갖는 이유도 여기에 있다.

누군가 10일의 장례를 치르고 누구는 3일의 장례를 치른다면, 과연 어느 정도가 충분한 슬픔의 표현 양식이 될까? 사랑하는 만큼 장례를 치러야 한다면 도대체 누가 충분히 표현

할 수 있는 기준을 제시할 수 있을까? 우리는 사회적으로 정해진 제도에 따라 슬픔에 공정한 양을 제시하는 것이다. 슬픔엔 객관적 수치가 없기 때문에 더더욱 객관적인 수치를 정해줘야만 하는 것이다.

그렇다고 해도, 모든 슬픔이 그토록 공식적인 절차와 문화적 일정을 거쳐 해소되는 것은 아니다. 장례가 치러지고, 입관이 끝나고, 심지어 재가 되어 사라진 이후에도 때론 슬픔은 남는다. 그리고 그것이 바로 우울증이다. 무라카미 하루키의 소설 『상실의 시대』(유유정 옮김, 문학사상사, 2000)에 등장하는 나오코의 병은 그런 점에서 우울증이라고 말할 수 있다. 그녀는 사랑했던 남자, 기즈키에게 쏟아부었던 리비도를 영영 회복하지 못한 채, 결국, 자살이라는 방식으로 그 리비도를 모두 불태워야 했다.

소설의 화자인 와타나베가 나오코를 처음 만난 것은 고등학교 2학년 때다. 그녀 역시 2학년이었고, 기즈키는 와타나베의 친구와 연인이었다. 기즈키는 무척이나 특별하고도 예외적인 인물이었다. 와타나베는 세 사람의 관계를 말할 때, 마치 기즈키가 토크쇼 진행자처럼 늘 중심에 있었다고 회상한다.

기즈키는 냉소적이면서도 겸손하고, 친절하면서도 냉정한 사람이었다. 말하자면 기즈키는 그 분위기가 대단히 유니크하고, 차별화된 사람이었던 것이다. 이는 곧 기즈키라는 인물은 기즈키 이외의 다른 어떤 사람으로 대체될 수 없는 사람이었음을 의미한다.

기즈키는 죽음조차도 유니크하다. 그는 와타나베에게 만나기를 청하고, 게임을 하고, 차 한잔을 마신 후 담배를 피우고 헤어졌다. 그런데, 그날 밤 그는 자기 집 차고 안에서, "N360의 배기 파이프에 고무 호스를 잇고, 창문 틈을 테이프로 땜질을 한 채 엔진을 가동시"켜 자살한다. 유서도, 짐작되는 동기도 없었다. 심지어 와타나베와 나눈 이야기에도 아무런 단서가 없었다. 와타나베는 경찰에게 이렇게 이야기한다. "아무 기색이 없었습니다. 여느 때나 똑같았습니다."

문제는 나오코였다. 그녀는 기즈키가 세상을 떠나기 전 자신에게 아무런 내색도 없었을 뿐만 아니라 와타나베를 마지막으로 만났다는 점에 대해 적당한 답을 찾아 내지 못한다. 그는 마치, 학교 수업을 빼먹고 당구장에 가는 고교생들처럼, 그렇게 세상에서 훌쩍 빠져나가 버린 것이다. 그녀에겐, 기즈키가 그리고 기즈키의 죽음이 다른 무엇과도 교환할 수 없는 세상의 질문이 되고 만다. 그리고 그 질문에 대한 대답을 찾고자 애쓰지만 결코 찾아내지 못한다.

10대 청소년이었던 와타나베와 나오코는 '죽음'을 삶으로부터 완전히 분리된 무엇으로 여기며 살았지만 기즈키의 죽음 이후 죽음이 삶의 한 장면이라는 것을 알게 된다. 와타나베가 그 장면의 서술자가 되어, 그러니까 기록하는 어른으로 성장했던 것에 비해 나오코는 몸으로 앓으며 그 장면을 이해하고자 애쓴다. 그러나 삶이란 살아가는 자에겐 하루하루로 이어진 연장의 길이지만 질문하는 자에겐 덫이 되고 만다. 결국 나오코는 삶에 대한 질문을 거두지 못하고 대답의 궁극을 위해 죽음을 향해 걸어 들어간다.

○

그러나 결국 이별도 사람의 일이고 죽음도 사람살이의 하나다. 우리는 이 사실을 여러 번 되뇌어야만 한다. 때로 너무나 일찍이 다가온 아니 미처 이해하지 못한 죽음은 남아 있는 자를 사로잡아버리기도 한다. 나오코를 잠식한 죽음처럼 말이다. 죽음을 안고 살아갈 수 없었던 대표적인 인물로는 소포클레스의 희곡『안티고네』에 등장하는 안티고네를 들 수도 있다. 그녀는 동복간의 형제 중 한 사람에게만 장례가 허락되자 자신의 목숨을 걸고 허락되지 않은 남매의 장례를 치른다. 안티고네는 장례를 치르기 위해 자신의 목숨을 희생한다.

그런데, 여기서 우리는 사랑하는 이의 죽음을 따라 죽음으로 향한 길로 걸어간 나오코나 안티고네가 아니라 그 길에서 자신의 새로운 자아를 찾은 와타나베를 주목할 필요가 있다. 하루키의『상실의 시대』는 기즈키의 죽음과 나오코의 죽음을 경험한 와타나베가 겪었던 정신적 성장의 기록이다. 그는 결국 이 두 죽음을 목격하되 잠식되지 않고, 앓되 전염되지 않음으로써 그 누구와도 다른 자기만의 세계를 갖는 데 성공한다. 우리가『상실의 시대』를 읽으며 밑줄 그었던 문장들은 그 유니크한 자기만의 세계의 선언들이었다.

가령 "남과 같은 걸 읽고 있으면, 남과 같은 생각밖에 못하게 돼."라던가, "모든 사물을 너무 심각하게 생각하지 말 것, 모든 사물과 나 자신 사이에 적당한 거리를 둘 것."과 같은 문장들이 그렇다. 이 문장은 타인의 죽음을 애도하되 그것에 빠지지 않는 방식의 선언이기도 하다. 여기서 사물이라는 말 대신 죽음을 넣어도 좋을 듯싶다. 모든 죽음을 너무 심각하게 생각하지 말 것, 모든 죽음과 나 자신 사이에 적당한 거리를 둘 것.

그러므로 죽음이 우리들을 잡는 그날까지 우리들은 죽음에 사로잡히는 일은 없는 것이다. 죽음을 겪지 않은 영혼은 결코 어른이 될 수 없다. 영원히 아이일 때, 그 세계는 또 하나의 죽음이다. 매튜 배리의 소설 『피터 팬』의 네버랜드가 일찍 세상을 떠나 더는 자라지 않는 소년들의 유토피아인 것처럼. 성장하지 않는 아이는, 어린 시절 세상을 떠난 아이밖에 없다. 그러므로 우리는 죽음을 삶의 일부로 삼아 살아가야 하는 것이다. 슬프되 우울하지 않게.

예견된 죽음의 축복
혹은 저주

　우리는 태어나는 날은 알지만 죽는 날은 모른다. 어르신들은 농담처럼 오는 덴 순서가 있지만 가는 데엔 순서가 없다고 말한다. 20대에 체력이 넘친다고 해서 나이가 들어서까지 그럴 리도 없고, 건강을 자부한다고 해도 사고나 불운을 피할 수 없기도 하다. 언제, 어떻게 죽게 될지는 막상, 눈앞에 닥치지 않고서는 알 수 없다. 아니, 어쩌면 전혀 사정을 모른 채 세상을 떠나게 될지도 모른다. 죽음의 재구성은 어쩌면 살아남은 자들이 영원히 잃어버린 퍼즐 몇 조각을 찾지 못한 채, 완성된 그림을 만들기 위해 애쓰는 것과 닮아 있을지도 모른다. 그렇게 죽음이란 두려운 비밀의 영역 안에 있는 것이다.

하지만 만약, 우리가 우리의 죽음의 순간을 혹은 죽음의 방식을 알게 된다면 어떨까. 가령, 몇 날 몇 시에 죽게 될지 처음부터 알고 있다거나 남은 시간을 알 수 있다면 우리는 하루하루의 삶을 성실하게 살아가며 그 시한부 삶을 채워갈까? 아니면 두려움에 떠밀리듯 그렇게 결국 죽음 앞에 당도할까? 예견된 죽음, 그것은 인간의 바람이자 두려움이다. 누구나 죽음의 순간을 궁금해 하지만 아무도 죽음을 예언받고 싶어 하지 않기 때문이다.

○

하루를 살면 하루만큼 젊어진다. 2016년 12월 31일 마흔두 살이었던 내가 2016년 1월 1일 마흔한 살이 된다. 나이를 하루하루 거꾸로 먹는다는 건 얼마나 신날까. 아마도 매일매일 자고 일어나면 조금 더 기운이 솟아날 것이다. 그래서 어제의 치아로는 먹지 못했던 음식을 오늘 씹게 될 것이고, 어제의 악력으로는 쥐지 못했던 무거운 짐을 지게 될 것이고, 어제의 체력이라면 도무지 해낼 수 없었던 등산을 할 수도 있을 것이다. 어제까지 쓰던 돋보기가 갑자기 어지러워져 벗게 될 것이고, 주름살이 하나둘씩 사라지고, 입술은 더욱 붉어지며, 새치가 하나둘씩 사라질 테다. 그렇게 하루하루 늙는 게 아니라 젊어진다면 과연 얼마나 행복할까.

스콧 피츠제럴드의 소설 『벤자민 버튼의 시간은 거꾸로 간다』는 아마도 이런 순진한 상상력에서 시작되었을 것이다. 우리는 모두 다 0세로 태어나 죽음의 알려지지 않은 종착점을 향해 가지만 벤자민 버튼은 하루하루 젊어지는 인물이다. 우리는 경험해볼 수 없는 것이기에 우선 그의 삶은 굉장한 축복으로 여겨진다. 하지만 막상 들여다보면, 과연 축복이기만 할까 고개를 갸웃거리게 된다.

어쩌면 시간이 거꾸로 간다는 것은 하루하루 어려져 결국 갓 태어난 아이가 될 때쯤이면 죽게 된다는 것이고, 이는 하루하루 늙어 세상을 떠나는 것과 다를 바 없는 결말이기도 하다. 다만, 모든 것을 알고 죽는 어른과 달리 아무것도 모르고 죽는 것이 다르다고 할까. 그것조차 우리는 어린 시절 기억을 모두 다 잊고 살기 때문에 과연 정말 아무것도 모르는 것인지 아니면 모든 것을 다 알지만 성장 과정 동안 지워지는 것일지도 알 수 없다.

벤자민 버튼에게도 거꾸로 흐르는 시간은 반드시 축복만은 아니었던 듯싶다. 어려서는 노쇠한 몸 때문에 제대로 된 학창시절을 보내지 못한다, 나이가 들어 젊어졌을 땐 한창의 전성기를 누리지만 어느 새 더 젊어져서 아들들보다 더 어려 보이자 문제는 좀 복잡하고 심각해진다. 영화에서도 묘사되었듯이 사랑하는 아내는 그가 한 살 한 살 젊어질수록 한 살 한 살 늙어간다. 오히려 두 사람 사이의 시간의 격차는 두 배 이상인 듯싶다.

그런데 또 한편 생각하면 결국 인생이란 데칼코마니처럼 불안정한 상태에서 시작해 절정을 지나 다시 불안정한 상태로 되돌아오는 것이라는 것을 알 수 있다. 노희경의 드라마 〈디어 마이 프렌즈〉의 대사처럼, 태어나 어린 시절 기저귀를 차다가 나이가 들어 다시 기저귀를 찬다는 말이 있듯이, 아이나 노인이나 타인의 도움이 필요할 만큼 나약한 신체를 가지고 있다. 이가 몇 개 없던 아이처럼 이가 다 빠지고, 밥 먹을 기운도 없어지며 심지어 언어를 잃기도 한다.

문제는 다시 시간의 흐름일 것이다. 밥도 제대로 먹지 못하고, 화장실도 가리지 못하던 아이가 하루하루 독립된 인간이 되었던 것과 달리 늙어가는 것은 하나둘씩 그 평범한 기능들을 잃게 되는 것이다. 인간의 삶, 인생이라는 게 어쩌면 수미상관의 구조처럼 그렇게 별 다를 바 없는, 도돌이표의 연속과 닮았다는 의미이다.

○

한편, 어떤 삶은 예견된 죽음에 대해, 운명처럼 담담히 받아들이기도 한다. 가즈오 이시구로의 소설『나를 보내지마』 (김난주 옮김, 민음사, 2009)에 등장하는 젊은이들처럼 말이다. 어딘가 일상적인 삶의 장소로부터 동떨어진 학교에서 어린 소년과 소녀들이 통제된 삶을 살아간다. 매번 그림을 그려 어딘가로 보내면 잘된 작품에 대한 포상도 내려진다. 아이들은 그렇게 학교에서 살아가다가 적당한 나이가 되면 '코티지'라는 곳으로 보내진다. 그리고 그곳에서 새로운 정체성을 부여받는다. 누군가는 다른 친구들을 돌보기도 하고, 어떤 아이는 코티지에 가기 무섭게 그곳을 벗어나기도 한다.

그런데, 이처럼 깨끗하고 순진한 아이들은 왜 그곳에 모여 있는 것일까. 가즈오 이시구로는 우리에게 『남아 있는 나날』(송은경 옮김, 민음사, 2010)로 잘 알려진 일본계 영국소설가이다. 영국적인 기품과 우아함을 문자적으로 재현해낸 그가 쓴 『나를 보내지마』는 놀랍게도 일종의 SF 판타지 소설이다. 왜냐면, 코티지의 아이들이 바로 장기이식을 위해 인공적으로 '재배'된 아이들이기 때문이다. 이식을 받기 원하는 사람들은 미래에 어떤 질병에 걸리게 될지 알고 있다. 그래서 인체복제를 통해 '교환'해야 할 장기를 준비하는 것이다. 즉 코티지의 아이들은 애당초 신체 기증자로 만들어져 필요한 장기를 기증한 후엔 당연히 세상을 떠나야 하는 '부품'인 셈이다.

코티지의 아이들은 그러므로, 자신들이 곧 장기를 기증한 채 죽게 되리라는 것을 알고 있다. 심지어 코티지의 아이들 중 몇몇은 그렇게 장기를 기증하는 친구를 보살피고 간호하는 역할을 하기도 한다. 그런데 그 역할도 안정적인 기증을 위해서다. 여러 차례 나뉘어 신체를 기증받는 경우도 있기 때문이다. 아이들이 정기적으로 그림을 그리는 것도 정서적 함양

이 '도너', 즉 제공자의 영혼에 자극을 줘서 더 건강한 신체를 얻을 수 있다는 이유에서다. 그들은 철저히 도구적으로 존재하는 것이다.

만약, 누군가 내 신체를 그렇게 사용하고 용도를 다한 후에 폐기한다면 어떨까. 복제된 아이들은 어느 날 자신을 복제한 원신체의 주인을 궁금해 한다. 도대체 어떤 삶을 살아가는 어떤 자일까 궁금해 하며 찾아간 주인은 그들과 외모만 닮았을 뿐 완전히 다른 사람이라는 것을 발견하게 된다. 하고 있는 일도, 말하는 투도, 심지어 겉모양 자체도 달라 보인다. 복제된 그들이 그들을 복제한 사람의 부속품이 아니라 신체적 기능은 같을지 몰라도 다른 영혼을 지닌 사람인 것이다. 즉 무엇인가 좋아하고 싫어하는 것을 갖춘, 하나의 개인이었던 것이다.

곧 죽을 것을 알고 있는 아이들이 자신을 만들어낸 사람을 찾아가는 과정은 우리가 죽음과 같은 막다른 길 앞에서 신을 찾는 것을 연상시킨다. 우리는 아이들이 주문자를 찾아가듯 역시 우리의 삶을 설계한 누군가가 있고, 또 만나볼 수 있으리라 여기지 않던가. 정작 눈길을 끄는 것은 그 아이들이

의외로 담담하게 죽음을 받아들인다는 점이다. 어차피 그들의 끝에는 죽음뿐이다.

한번 돌이켜 생각해보자. 그렇다면 우리의 삶 끝에는 무엇이 있던가. 코티지의 아이들과 마찬가지로 우리의 삶 끝에도 결국 죽음이 놓여 있지 않나. 그런데 왜 우리는 코티지의 아이들처럼 죽음을 당연한 기정 사실로 담담히 받아들이지 못하는 것일까. 결국 우리는 죽게 되는데 말이다.

○

그러고 보면, 결국 죽음이란 하나의 결말이자 하나의 메타포다. 소설 『잘못은 우리 별에 있어』(존 그린 지음, 김지원 옮김, 북폴리오, 2012)에는 오랫동안 살기 어렵다는 경고를 받은 어린 소년, 소녀 즉 10대가 등장한다. 불치병이라고 부를 만한 병을 앓고 있는 소년 어거스터스는 그럼에도 불구하고 담배를 입에 문다. 깜짝 놀란 헤이즐이 그에게 도대체 무슨 짓이냐고 묻자 어거스터스는 대답한다. "이건 그냥 일종의 메타포야."

어린 시한부 환자들은 그들에게 주어진 삶의 메타포들을

아낌없이 써보고, 느껴보고 결국 자신의 언어로 만들고자 한다. 젊은이들의 죽음은 그리고 그들의 시한부 선고는 무척 안타깝지만 누구나에게 죽음이란 선고받는 순간 시한부이며 한편 안타까운 것이기도 하다. 다만 우리는 언젠가 죽음과 만나야만 하는 '별'에 살고 있다. 그렇다면 우리는 어떤 마음의 자세로 죽음을 맞아야 하는 것일까.

영원한 삶,
죽음의 거부

2016년 5월 개봉한 영화 〈엑스맨: 아포칼립스〉에는 의외의 인물이 하나 등장한다. 아포칼립스라고 불리는 인물인데, 그는 그동안 엑스맨의 주인공을 맡아왔던 돌연변이들과는 사뭇 다르다. 우선 이 인물은 기원전 3600년, 이집트에서 처음 등장한다. 파라오와 같은 역할을 하는 그는 영화 속에선, 최초의 돌연변이라고 말해진다. 하지만 중요한 것은 그것이 아니라 이 인물이 바로 불멸이라는 사실이다. 자신의 영혼을 좀더 나은 유기체에 전이하며 영원히 존재하는 자, 아포칼립스는 말하자면 불멸에 대한 아주 오래된 욕망을 반영하는 캐릭터인 것이다.

○

역사상 불멸은 세상을 마음대로 지배해온 자들의 최종적 꿈인 경우가 많았다. 진시황이 대표적일 것이다. 불멸, 한자어로 표현하면 뭔가 멋지지만 좀더 풀어 이야기하자면 죽지 않는 것이다. 죽지 않는 것, 유기체로서 스스로와 이별하지 않는 것, 영원히 세상에 존재하는 것. 이 불멸에 대한 욕망은 사실 공포 위에 서 있다. 죽음 이후의 세상이 어떤 것인지 전혀 알 수 없기 때문이다. 레지스 드브레가 죽음에 대한 공포를 무지와 미지에 대한 공포라고 말했던 것처럼 말이다.

그런데, 흥미롭게도 불멸이 언제나 꼭 축복으로만 여겨졌던 것은 아닌 듯싶다. 죽지 않는 존재에 대해 재미있으면서도 사려 깊은 이야기를 들려주는 소설, 브램 스토커의 『드라큘라』만 해도 그렇다. 우리에겐 1930년대 미국 스튜디오 영화사들이 만들어낸 이미지, 머리를 곱게 빗어 넘기고 송곳니를 반짝이는 배우 벨라 루고시로 압축되어 있지만, 사실상 드라큘라는 불멸이라는 재앙을 앓고 있는 캐릭터라고 할 수 있다. 대개의 전설, 민담과 이야기들이 영생과 불멸을 추구하는데, 드라큘라만큼은 불멸의 고통을 이야기한다.

한편 여성에게 있어 이 죽음에 대한 두려움은 오히려 노화에 대한 고통과 두려움으로 구체화되는 경우가 많다. 영화 〈죽어야 사는 여자〉가 대표적인 작품일 것이다. 대개 여성문학에서 불멸은 여성의 불온한 역사를 한 몸에 담아내는 영매로서의 의미로 쓰이곤 했다. 버지니아 울프의 환상적인 소설 『올란도』의 주인공 올란도가 아마 그런 인물일 것이다. 과연 죽지 않는다는 것은 축복일까, 저주일까. 혹은 죽지 않고 계속 살아남는 것과 기억은 남기되 육체가 소진되는 것 중엔 과연 어떤 것이 더 나의 본질에 가까운 것일까. 그리고 과연 죽음은 왜 두려움과 공포를 주는 것일까. 모든 생물들의 아주 오래된 욕망을 들여다보자.

○

『드라큘라』의 원작자 브램 스토커는 아일랜드 더블린 출신이다. 그는 어렸을 때부터 매우 몸이 약했다고 한다. 브램은 어머니가 들려주는 아일랜드 귀신 이야기를 무척 좋아했는데, 이런 이야기들이 고딕의 분위기와 맞물려 드라큘라라는 인물이 탄생했다. 그는 동유럽에 널리 퍼져 있던 뱀파이어 설화를 듣고, 드라큘라라는 고유명사를 가진 하나의 캐릭터를 만들어낸다. 이와 함께 뱀파이어를 연구하는 학자 반 헬싱 캐릭터도 창조해낸다.

우리가 현재 알고 있는 뱀파이어, 드라큘라의 개성 역시 브램 스토커가 만들어낸 게 많다. 피를 빨아 먹는다거나 마늘이나 십자가를 싫어한다는 식의 뱀파이어 클리셰들이 바로 브램 스토커의 소설에서 출발한 것이다. 한편 귀족적이며 관능적인 외모, 길고 날카로운 콧날이나 뾰족한 손톱과 같은 외형 역시 그의 상상력이 만들어낸 결과다. '뱀파이어' 하면 영국적 신사가 떠오르는 이유도 여기에 있다.

일종의 캐릭터에 가까웠던 뱀파이어, 드라큘라가 서사적 사연의 주인공이 된 데에는 프란시스 포드 코폴라 감독의 〈드라큘라〉 영향이 크다. 프란시스 포드 코폴라 감독은 지금껏 쌓여 있던 뱀파이어의 섹시하거나 관능적인 이미지를 완전히 지워버리고 불멸의 고통을 온몸으로 앓는 환자처럼 묘사한다. 그리고 불멸의 존재가 된 이유 한가운데, 사랑의 상실을 두었다. 사랑을 상실함으로써 세상에서의 존재 이유를 잃고 오히려 불멸에 매달리게 된다.

이러한 형편은 짐 자무쉬의 영화 〈오직 사랑하는 이들만이 살아남는다〉에서 훨씬 더 냉소적으로 그려진다. 이미 몇천 년의 세월을 살아온 뱀파이어들에겐 세상에 그 어떤 일도 재미있거나 신나거나 대단한 일이 없다. 왕성한 지적 능력과 예술성으로 현대 문명의 주요 지점들에서 전환점 역할을 해왔지만 그 마저도 그저 자신의 기능 중 일부와 같은 것일 뿐 삶의 의미가 될 수 없다. 즉, 그들에게는 언제나 삶만 있기에 그리고 그 삶이라는 게 써도 써도 끊임없이 솟아나오는 화수분과 같은 것이기에 산다는 것 자체가 오히려 권태로운 벌처럼 여겨진다. 상업 영화인 〈엑스맨〉에서 아포칼립스가 세상을 다시 세우기 위해 열정적으로 세상을 파괴하는 모습과는 무척 대조적이다. 5000년 이상을 살아온 사람이라면 더 새로운 것을 탐할 마음이 있기는 할까.

중요한 것은 죽지 않는 자는 우리에게 모두 괴물로 기억된다는 사실이다. 드라큘라도, 뱀파이어도 나이가 들어 늙고 죽지 않는 자들은 인간이 아니라 두려움과 공포를 주는 괴물이다. 이는 역설적으로 말해 죽을 수밖에 없고 따라서 죽음을 두려워하는 것이 곧 인간의 전제 조건이라는 의미이기도 하다. 죽음만이 필연이 아니라 그것을 모면하고자 하는 거부감, 그리고 그 자체에 대한 두려움 이 모든 감정이 바로 필연인 셈이다. 그리고 우리는 이 필연성을 알기 때문에 삶을 살아간다. 마지막 페이지가 있기 때문에 이야기가 시작될 수 있듯이 말이다.

○

대프니 듀 모리에의 소설 『레베카』에는 이미 세상을 떠났지만 온 집을 유령처럼 배회하는 대문자 R이 존재한다. 소설 속에서 그녀는 삶에 대한 욕망이 어마어마하게 끈질기고 한편 죽음에 대한 거부감도 만만치 않았던 여성으로 묘사된다. 고딕 소설의 흐름 가운데서, 그녀는 마치 전지된 적 없이 무작정 얽히고설켜 자라난 정원 속의 검붉은 장미처럼 묘사된다. 분명 죽었지만 맨덜레이 저택의 곳곳엔 그녀의 흔적이 남

아 있다. 그녀의 이니셜이 크게 새겨진 베개, 흰 종이, 소파 커버, 식기 등이 사방에 깔려 있기에 마치 일인숭배의 이교도 집단에 들어온 듯 새 안주인은 혼동스럽고 또 두렵다.

육체가 유한한 것이기에 결국 우리는 죽음이라는 방식으로 세상을 떠날 수밖에 없다. 하지만 그렇기 때문에 우린 때로 이미지를 남겨 그 죽음의 부재를 대신하려 한다. 나를 그린 그림, 내가 입었던 옷, 내가 만졌던 물건들. 즉 자아의 확장품이라고 할 만한 것들을 남겨 유기체의 부재를 채우고 싶어하는 것이다. 어떤 점에서는 자식 역시도 그러한 확장된 자아 이미지 중 하나일 것이다. 죽음에 대한 동물로서의 본능적 두려움이 자식을 갖고, 낳고, 기르게끔 충동하는 것인 셈이다.

『레베카』에 등장하는 새로운 안주인에게는 불행히도 이름이 없다. 대프니 듀 모리에는 잔인하게도 그녀에게 이름을 부여하지 않는다. 그녀는 스스로를 그저 '나'라고 일인칭으로 호명하는데, 집안의 그 누구도 그녀의 이름을 불러주지 않는다. 오히려 이미 집에 존재하지 않는 레베카만 모두가 다 부른다. "그건 레베카 마님이 즐겨 입던 옷이지요" "레베카 마님은 아침엔 모닝룸을 쓰셨지요." "웨스티 캐슬은 레베카 마님의 침실이었답니다" 등의 말로 가득 찬 것이다. 그런데 이는 한편 맨덜레이 저택에 분명 '나'가 살고 있기는 하지만 '나'가 없었다는 것을 강력히 보여주기도 한다. 존재하지 않지만 맨덜레이는 레베카의 공간이며 '나'는 오히려 레베카의 존재를 부각하는 그림자에 불과하다.

죽은 자의 사진은 언제나 의미가 풍부하다. 그것은 결국 하나의 이미지이며 이미지는 아무리 가깝다고 할지언정 본질의 중심에는 가닿지 못하기 때문이다. 죽음, 두렵지만 인간이라면 누구나 죽을 수밖에 없다. 죽지 않는 저주를 축복이라 여기며 꿈꾸지만 한편 죽지 않게 될까봐 두려워하는 것, 어쩌면 이는 인간이 가진 영원한 모순일 것이다.

어떤 월요일

　어느 월요일, 아이는 여덟 번째 생일을 맞는다. 엄마는 행성 아래 아이의 이름, '스코티'를 써놓은 초콜릿 케이크를 주문한다. 생일을 맞은 아이는 친구의 선물이 무엇일까 궁금해하며 학교에 가다가 차에 치인다. 그리고 배수구에 얼굴을 처박으며 잠시 쓰러졌다가 일어난다. 아이는 집으로 돌아가고 친구는 학교로 간다. 그리고 아이는 엄마에게 일어났던 일을 이야기하던 중, 축 늘어진다. 의사는 곧 깨어날 것이라고 말하지만 아이는 결국 세상을 떠나고 만다.

○

그런데 스코티에게 사고 난 날 이후 '스코티'를 찾아가라는 전화가 걸려온다. 16달러짜리 스코티를 찾아가라고 말이다. 아이는 더 이상 케이크의 촛불을 끌 수 없지만, 이 사실을 알 리 없는 빵집 주인은 생일 케이크를 찾아가라고 요구한다. 3일이나 찾아가지 않는 동안 상해버렸을 게 분명한 바로 그 케이크를 반값인 8달러에 사가라고 말이다. 아이의 엄마는 맹렬한 분노와 고통을 느낀다. 자신은 아이를 잃었는데 그 사실을 모르는 전화기 너머 상대편은 자신의 일을 하고 있다. 세상에, 아이를 잃었는데, 누군가에게는 전혀 모르는 일에 불과하다. 공감의 어려움, 엄마는 우주를 잃은 듯하지만 세상 누군가에게는 16달러의 미수금이 더 중요한 것이다. 공감, 타인의 기쁨과 슬픔을 같이하는 것, 그건 얼마나 까다로운 일이던가.

레이먼드 카버의 단편소설 「별것 아닌 것 같지만, 도움이 되는」(『대성당』에 수록)에서 에서 일어나는 일이다. 아이의 아버지는 "행복했고, 지금까지는, 운이 좋았다"고 느끼는 사람이었다. 그런데 그는 이 갑작스러운 사고로 세상에 "한 사람을 꺾어버리거나 내팽겨쳐버리는 힘들이 있다"는 사실을 알게 된다. 아마도 공감이란 그런 것일 테다. 행복하고 운이 좋았던 사람이라고 하더라도 갑자기 자신을 꺾어버리거나 내팽겨치는 힘과 만날 수 있는 가능성. 그러나 세상에 그런 일들은 워낙 여러 가지라, 하나의 교감에 수렴되기에는 지나치게 상대적인 감정이 많다. 누군가는 사랑하는 강아지를 잃어도 그렇게 아프지만 누군가는 자신의 가족을 잃어도 아프지 않다고 말하는 사람이 있고, 또 누군가는 아끼는 자동차에 흠집이 나서 엉엉 울 수도 있는 일이다.

그래서인지 아이의 엄마는 병원에서 우연히 만난 한 가족에게 아주 잠시의 공감을 느낀다. "자신과 같은 종류의 기다림이라는 상황에 처한 이 사람들과 더 많은 이야기를 나누고 싶"어진 것이다. 같은 종류의 기다림을 경험하는 사람들, 그들은 불의의 습격을 당한 아들의 수술실 앞에서 결과를 기다리는 가족이었다. 그녀는 그 가족들을 보자, 그날 생일을 맞았던 아들 스코티가 뺑소니를 당했고 그래서 지금 의식을 찾지 못한 채 누워 있다고, 말하고 싶어진다. 적어도 수술실에 아이가 들어가 있는 그 엄마만큼은 자신의 마음을 이해할 수 있으리라 믿었던 것이다. 동병상련, 비슷한 아픔을 가진 사람을 만나서야 비로소 공감의 문을 찾아낸 것이다.

그런데, 수술실에 들어갔던 아이, 프랭클린이 세상을 떠난다. 하지만 스코티는 아직 혼수상태이기에 엄마는 스코티와 죽은 아이의 차별점을 금세 찾아냈다. 그 "흑인" 가족이라며 사소한 차별성을 강조한다. 그러나 결국 두 아이가 모두 죽었을 때, 그러니까 혼수상태였던 스코티가 의미 없는 눈동자를 한 번 번쩍 부릅뜨고 영영 눈을 감아버리고 나자 그런 사소한 차이가 의미 없었다는 것을 느끼게 된다.

아마도 그럴 것이다. 스코티의 부모는 만일 아이들을 잃은 부모의 모임에 가서, 자신의 스코티만큼은 훨씬 더 사랑스럽고, 완전한 아이였다고 말하고 싶어질 것이다. 그 아이는 다른 아이들과 다른 유일한 아이였으며, 어떤 다른 아이와도 비교될 수 없다고 말이다. 사실, 아이란 그런 것이다. 같은 부모 밑에서 나고 자랐다고 해서 형제 모두가 같다고 할 수 없듯이 그 순간, 그때 태어나 자란 아이는 절대 교환불가능한

sl'슬프되, 우울하지 않게

131

절대적 가치이기 때문이다. 영화 〈어바웃 타임〉에서 과거로 돌아간 남자가 미래를 고치자 아이가 바뀌는 사태를 비극으로 여기는 까닭도 여기에 있다.

○

그렇다면 우리는 그런 상실에 빠진 사람들을 어떻게 위로하고 또 어떤 방식으로 공감을 전할 수 있을까. 위로는 뜻밖의 곳에서 발견된다. 빵을 찾아가달라고 끊임없이 요구했던 남자, 그 남자에게 분노를 표하기 위해 부부는 밤늦은 시간, 빵집을 찾아간다. 이내, 빵을 파는 남자는 이렇게 말한다. "나는 빵장수일 뿐이라오. 다른 뭐라고는 말하지 못하겠소. 예전에 그러니까 몇 십 년 전에는 다른 종류의 인간이었을지 몰라요. 지금은 기억도 안 나는 일들이니까 나도 잘 모르겠소. 어쨌든 내가 어땠건 이제는 더 이상 예전의 내가 아니라는 거요. 지금은 그저 빵장수일 뿐이오. (중략) 내게는 아이가 하나도 없었기 때문에 지금 당신들의 심정에 대해서는 간신히 짐작만 할 수 있을 뿐이라오. 부디 용서해주길 바랍니다. 나는 못된 사람이 아니오. 적어도 그렇게 생각합니다."

부부는 생애 최초로 빵장수의 이야기를 귀 기울여 듣기 시작한다. 빵집 주인이 하고 싶은 말에 귀를 기울인 것이다. 빵집 주인의 외로움에 대해, 중년 이후 찾아온 무력감에 대해, 매일 빵을 굽고 파는 일의 고됨에 대해, 하루 16시간씩 오븐 앞에서 일을 하는 삶에 대해서 말이다. 도대체 이 사소하고도 작은 일이 무슨 도움과 위로가 되는 것일까.

　중요한 것은 드디어 그들이 무엇인가 소중한 것을 잃고 나자, 타인의 상실에 대해 들을 준비가 되었다는 것이다. 잔혹하게도 우리가 무엇인가 귀중한 것을 잃고 나면 타인들이 우리에 대해 이해하고 들어준다는 점에서 공감이 이뤄지는 게 아니라 소중한 것을 잃고 나서야 타인들의 이야기에 귀 기울일 준비를 하게 된다. 어쩌면 스코티의 아버지가 말했던 행운이란, 평범한 행복 속에 살기에 타인의 고통에 귀 기울여 들을 필요가 없었던 삶일지도 모른다. 그저 아 불쌍하다, 안됐다, 마음이 아프네와 같은 영혼이 없는 반응을 건네고 다시 우리의 안락하고 행복한 삶의 플랫폼으로 훌쩍 건너와버리는 것, 그런 상태를 두고 행복이라고 불렀던 것일지도 모른다.

　간절하게 하고 싶은 이야기가 있는 사람들이 귀 기울여

다른 이의 이야기를 듣는다. 인간이란 그럼에도 불구하고 매우 작고도 선한 존재라서 자신이 무엇인가를 잃었을 때에야 동병상련의 위대한 공감을 시도한다. 타인의 아픔에 공감하는 게 아니라 내가 아파봐야 타인의 아픔도 아는 것이다. 평범한 관점에서 보자면, 스코티 부모가 해야 할 말이 많고 빵장수가 들어주는 게 옳아 보이지만 현실은 그렇지 않다. 스코티 부모의 상실은 한편 그들에게 듣는 귀를 준 셈이다.

아이의 상실은 그래도 인류가 가장 보편적으로 교감할 수 있는 상실의 고통일 것이다. 동물적 본능으로 보더라도, 종족 유지에 실패한 동물이며 개체 복제에서 좌절을 겪은 사피엔스이므로 만일 누군가 "아이를 잃었다"라고 말할 때 그 고통에 함부로 말할 수는 없을 것이다. 적어도 타인의 고통을 조금이라도 존중한다면, 그것이 무엇인지 이해하지는 못하더라도 짓밟거나 외면할 수는 없을 것이다.

○

김애란의 단편소설 「입동」(『바깥은 여름』에 수록)에는 이렇듯 자식을 잃은 부모의 마음이 벽지에 묻은 복분자 자욱이라는 메타포로 변주된다. 이사를 자주 다녀서 아이가 자주 어린이집을 옮기는 게 마음에 걸렸던 부모는 약간 무리를 해서 집을 산다. 이제, 아이가 어린이집을 옮기지 않아도 된다며 즐거워했던 부부는 'HAPPINESS(행복)'라고 쓰인 장식물을 집 안 어딘가에 올려두며, 평범한 행복의 외연에 편입했음을 기뻐한다. 하지만 곧 그 해피니스는 오히려 그들 집안을 조롱하는 반어적 상징물이 되고 만다. 아이가 어린이집 차에 치어 목숨을 잃었기 때문이다. 이사를 온 이유도 아이 때문이었고, 어린이집 때문이었는데, 바로 그 어린이집에 보낸 탓에 아이가 세상을 떠났다. 도대체 어디서부터 어떻게 잘못된 것이었을까.

악의적인 장난처럼, 아이가 세상을 떠난 후 어린이집에서 명절 선물로 배달 온 복분자액은 대체 어떤 상징일 수 있을까. 세상은 아이를 잃은 부모에게 그다지 세심한 배려를 하지 못하는 것이다. 오히려 다친 마음으로 세상을 세심하게 들으려 하는 쪽은 세상이 아니라 아이를 잃은 부모 쪽이다. 스코티의 부모들처럼, 정말 소중한 것을 잃어본 사람들은 세상의 아주 사소하고, 작은 것이라도 그게 그렇게 작기에 의미 없지 않다는 것을 알게 되기 때문이다.

어쩌면 우리는 타인의 슬픔과 상실에 무척이나 공감하고 있다며 스스로를 위안할지도 모른다. 그러나 정말 우리를 이해하고 위로하는 사람들은 소중한 것을 잃어본 사람이다. 오히려 잃은 자들이 가진 자들을 이해하고 용서한다. 세상의 역설이자 아이러니다.

Chapter 3

그럼에도 불구하고,

죽음은

살아남은 자의 슬픔

프로이트가 없었다면 어땠을까? 프로이트는 우리가 살면서 경험하는 심리적 곤란함의 원리를 찾고 설명한 학자다. 그에게 크게 기대고 있는 심리 중 하나가 바로 슬픔이다. 프로이트는 슬픔이라는 단어와 죽음의 연관성을 선명히 드러냈다. 누군가의 죽음으로 인한 리비도의 상실을 잘 극복한 것과 그렇지 못해 시름시름 앓을 수밖에 없는, 마음의 병의 상태를 다뤘다. 누군가의 죽음으로 인한 슬픔과 그 슬픔의 발생 및 해소의 과정, 그는 이를 가리켜 애도라고 명명했다. 애도, 그러니까 그것은 이미 세상을 떠난 자에게 버림받은, 살아남은 자의 슬픔이다. 죽음이 너의 몫이라면 슬픔은 나의 것이다.

○

떠난 자는 변하지 않는다. 간혹 영화 속 사진으로 남은 사라진 영혼을 볼 때면, 그 혹은 그녀는 언제나 그 모습 그대로이다. 죽은 자는 늙지도, 추해지지도 않는다. 변하지 않는 것, 우리는 세월이라는 불가항력 앞에서 얼마나 변하지 않기 위해 노력하는가? 하나둘씩 늘어가는 흰머리를 염색으로 가리고, 잔주름 앞에서 좌절하고, 끝내 부인하고 싶지만 어쩔 수 없이 수긍할 수밖에 없는 육체의 쇠약을 경험하지 않는가?

어쩌면 우리는 매일매일 조금씩 살아가는 만큼 죽어가고 있는지도 모른다. 늙음을 경계하고 늙음의 징후들을 피하려 드는 이유도 여기에 있을 것이다. 알고 있지만 굳이 확인하고 싶지 않은 것, 우리는 매일 죽어가지만 죽음의 맨 얼굴은 되도록 피하고 싶어 한다. 나이듦의 징후들을 지우고, 젊고 탄력적인 삶에 스스로를 묶어두려고 한다. 하지만 사랑하는 이의 죽음은 이 연기를 불가능한 상태로 몰아붙인다. 타인의 죽음이 아니라 바로 당신의 죽음이며 당신의 부재이기 때문이다. 죽음으로 부재하는 당신은 돌이킬 수 없다.

한용운은 그의 시 「알 수 없어요」에서 타고 남은 재가 다시 기름이 되는 기적을 말한 바 있다. 이미 다 타고 남은 재를 다시 기름으로 변화하게 하는 것은 실은 남아 있는 자의 열망이다. 물리적인 현실에서는 도저히 일어날 수 없는 일을 기적이라고 부를 수 있다면, 타고 남은 재가 다시 기름이 되는 일은 기적이다. 재가 기름이 될 수 있다면 사라진 그를 되살릴 수 있다. 하지만 이는 모두 염원의 상태에서나 가능한 일이다. 현실에서의 '그'는 정말 사라졌기 때문이다.

그런데 만약, 그 죽음이 '나'와 연관된 것이라면 어떨까? 만일 내가 다른 판단을 하고, 다른 선택을 하고 그럼으로써 다른 행동을 했더라면, 그가 죽지 않을 수도 있었다면. 죽음은 차라리 신의 몫이어야 한다. 인간의 선택이 죽음의 여부를 판단할 수 있는 순간 인간은 악마이거나 죄인이 되고 만다. 때로 어떤 인간은 어쩔 수 없는 선택으로 소중한 이를 잃게 되는 일도 있다. 때로 어떤 인간은 모르고 저지른 실수로 인해 영영 돌이킬 수 없는 일을 하게 되기도 한다. 소설『소피의 선택』(윌리엄 스타이런 지음, 한정아 옮김, 민음사, 2008)과『속죄』(이언 매큐언 지음, 한정아 옮김, 문학동네, 2003)에 등장하는 두 여인들처럼 말이다.

○

이야기는 브루클린으로 이사 온 스물 두 살의 작가 지망생 스팅고의 목소리를 통해 전달된다. 스팅고는 소피를 처음 보는 순간 마리아 헌트와 죽음을 떠올린다. "그녀를 처음 본 순간부터 여전히 지워지지 않는 것은 그녀에게서 보았던 죽은 아가씨의 사랑스러운 모습뿐만 아니라, 마리아의 얼굴에도 드리워져 있었을, 죽음을 향해 무모하게 돌진하는 사람에게서 보이는 비극적인 절망의 그림자였다."

그녀는 스팅고와 같은 아파트에 네이선이라는 남자와 함께 살고 있다. 그들은 사랑하는 사람들이라고는 할 수 없을 만큼 서로에게 심한 욕을 퍼붓고 격렬하게 싸운다. 네이선은 소피를 씹구멍이나 창녀라고 부르기 일쑤인데 소피는 그런 네이선에게 쩔쩔매면서 매달린다. 스팅고의 눈에 소피는 훨씬 더 나은 대접을 받아 마땅한 여성이다. 그런데, 이해할 수 없는 것은 소피가 그에게 매달린다는 사실이다. 그녀는 마치 어린아이처럼 울고 불며 매달린다. 그때 네이선이 그녀에게 단말마와 같은 비명을 지른다. "네가 필요해. 죽음만큼이나 네가 필요해. 죽음 말이야!"

소피와 네이선은 서로를 학대하기 위해서 함께하는 커플처럼 보인다. 그러던 어느 날, 스팅고는 소피에게 자신의 호감을 고백한다. 당신을 괴롭히고 학대하는 네이선보다야 자신과 함께 다정한 훗날을 꿈꾸는 것이 낫지 않겠느냐며, 그녀를 구원해주리라는 고백을 한 것이다. 하지만 소피는 자신은 그럴 자격이 없는 여자라고 말한다. 그리고 왜 그럴 자격이 없는지 하나둘씩 이야기를 들려준다.

소피는 폴란드 출생이다. 그녀의 아버지는 나치를 도왔다. 하지만 그녀는 홀로코스트의 피해자 중 한 명이다. 홀로코스트가 비단 유대인에게만 가해졌던 비극이 아니었다. 두 아이의 엄마였던 그녀는 어떻게든 자식을 살리고자 애쓴다. 수용소의 실력자의 눈에 들어 비난을 감수하고서라도 아이들을 구하려고 한 것이다. 아우슈비츠에 도착한 소피는 아이들을 살리고 싶은 마음에 유창한 독일어로 장교에게 도움을 요청한다.

그런데 독일군 장교는 뜻밖의 제안을 한다. "하나만 데리고 있어." "비테(뭐라고요)?" 소피가 말했다.

"네 아이들 중에 하나만 살려 줄 수 있다고." 그가 다시 말했다. "다른 아이는 가야 하고, 누구를 데리고 있겠나?" "제가 선택을 해야 한다는 말인가요?" "넌 유대인이 아니라 폴란드인이라며. 그래서 특별히 봐주는 거야. 하나라도 선택할 수 있게."

선택을 망설이는 소피에게 장교는 두 아이를 모두 가스실에 보내도록 명령한다. 그때 소피는 마치 비명을 지르듯, 딸을 데려가요, 라며 에바를 밀어낸다. 마침내 아무리 잊으려 애를 써도 지워지지 않는 울음소리를 남기고 아이는 가스실로 끌려간다. 소피는 그 순간 깨닫는다. 아들을 살린 게 아니라 딸을 죽였다는 사실을. 하지만 이미 때는 늦었고, 돌이킬 수도 없다.

만약 두 아이 모두를 포기했다고 하면 소피의 삶은 괜찮았을까? 두 아이 모두를 살릴 수 없었다면 애초부터 소피에

겐 제대로 된 삶은 있을 수 없었다. 그녀는 아이의 죽음을 선택했다고 여기지만 엄밀히 말해, 그녀에겐 선택권이 없었다. 선택을 가장한 독일군의 강요가 있었을 뿐, 그래서 그녀는 평생 죽음을 낙인처럼 지니고 살았고 마침내 죽음을 통한 자유를 향해 뚜벅뚜벅 걸어간다. 네이선과의 삶은 그런 점에서 일종의 자해이자 필사적인 몸부림이었다고 할 수 있다. 그것은 살아남은 자가 스스로를 용서할 수 없었을 때 그러나 살아지는 삶을 대할 수 있는 최선의 방법이었던 셈이다. 결국 네이선과 함께 세상을 떠났을 때 그녀는 가장 행복한 표정을 지을 수 있게 된다. 소피에겐 애도가 곧 삶이고, 삶은 곧 지옥이었던 것이다.

○

잘못된 선택이었음을 너무 늦게 깨달았을 때 그래서 그 잘못을 너무나도 속죄하고 싶을 때 우리는 그를 찾아가 용서를 빌고 호되게 혼이 나고 싶다. 잘못한 사람에게 욕을 먹음으로써 자책감에서 벗어날 수 있다면 오히려 달콤한 징벌이 되리라. 이언 매큐언의 소설 『속죄』의 주인공 브리오니도 그

148

랬을 것이다. 브리오니는 저택에서 일어난 아동성폭행 사건의 주범으로 언니의 애인인 로비를 지목한다. 하지만 브리오니가 목격한 것은 사실 로비와 언니 세실리아의 사랑이었다. 이 사실을 받아들이기 벅찼던 브리오니는 아동 강간범으로 로비를 지목한 것이다. 어린 시절의 어리석은 질투와 사소한 악의적 거짓말이 두 사람의 인생을 다른 길로 보내버린다.

문제는 이 질투와 유아적 악의가 세계대전이라는 상황과 일종의 화학작용을 일으켰다는 사실이다. 로비는 수감 대신 참전을 요구받고, 훌륭한 의대생이었던 그는 갑작스럽게 전쟁의 맨 앞으로 불려 나간다. 언니 세실리아는 로비에 대한 오해와 연민으로 간호장교로 자원한다. 혹시나 그를 만날까 하는 마음 하나로 떠났지만 현실은 녹록지 않다. 소설에서 브리오니는 결국 세월이 지나 로비, 세실리아 커플에게 용서를 구하고 비난과 증오를 되돌려 받는다. 하지만 이는 모두 브리오니의 소설에서 일어난 허구일 뿐이다. 뛰어난 거짓말쟁이였던 브리오니가 소설가로 성장했고, 그녀는 불가능한 속죄를 자신의 글쓰기 안에서 행한 것이다. 이는 그녀의 고통이 얼마나 절절했는가를 보여준다.

그럼에도 불구하고, 죽음은

149

속죄하고 싶지만 이미 세상을 떠난 세실리아와 로비는 그럴 수 없고, 따라서 브리오니는 용서받을 수도 단죄받을 수도 없다. 두 사람을 떠나보냈다는 브리오니의 죄책감은 그녀를 작가로 만들어주지만 그렇다고 해서, 그 슬픔과 자책이 사라지는 것은 아니다. 그녀에게 글쓰기는 곧 애도의 방식이자 사죄의 양식이다.

가슴에 남은 상처, 꼭 해야만 하는 사죄는 행해져야만 한다. 그러나 세상을 떠난 사람들은 이를 허락할 수 없다. 하지 못한 사과는 결국 마음에 큰 닻이 되어 삶을 짓누른다. 그것이 바로 프로이트가 말했던 애도가 되지 못한 슬픔의 한 얼굴이 아닐까? 영원히 변하지 않는 사자들 앞에서 끊임없이 변해가는 우리가 비겁하게 느껴지는 것, 삶이라는 남루한 것에 대한 상념들 말이다.

돌이킬 수 없는 것

영화 〈장화, 홍련〉의 마지막 장면에는 그간의 미스테리를 풀어줄 열쇠가 될 장면이 등장한다. 언니는 동생의 상처를 모른 척 돌아서고, 그때 음악이 흐른다. 음악의 제목은 〈돌이킬 수 없는 걸음〉. 언니를 짓누르고 귀찮게 하고 괴롭히는 동생, 소녀는 사실 이미 오래 전에 세상을 떠났다. 그녀가 모른 척 돌아섰기 때문이다. 만약 그때 돌아서지 않았다면 동생은 어떻게 되었을까. 언니는 수없이 그날을 돌이켜 생각해본다. 생각은 매일매일 돌이킬 수 있지만 시간은 다시 돌아오지 않고, 귀찮게 칭얼대던 동생도 돌아오지 않는다. 시간은 흐르고 돌아서지 않는다. 후회는 깊어지지만 돌이킬 방법이 없다. 사건은 일회적이다. 그리고 시간의 방향도 일방향이다. 마침내 죽음은 필연적이다.

그렇다. 시간은 변곡점에서 방향을 바꾸어 다르게 흘러가지 않는다. 그래서 영화는 시간을 바꾸고 싶어 한다. 영화가 꿈꾸는 가장 오래된 환상, 그게 바로 시간의 조율이다. 과거로 돌아가 지금 거울에 비춰 보듯 재현해보기도 하고, 때로 어떤 순간은 절대적 시간을 벗어나 아주 느리게 슬로우 모션으로 흐려진다. 어떤 순간은 재빠르게 편집되기도 하고, 어떤 순간은 거듭 반복된다. 마치 기억처럼, 트라우마처럼, 상처처럼. 현실에는 흉터가 상처보다 빠른 세상이 없지만 영화에선 흉터가 상처보다 빠를 수 있다. 가슴에 꽂힌 흉탄이 다시 공기 중으로 빠져나와 총신으로 되돌아가는, 시간의 되감기 역시 특별할 것 없는 영화적 기법 아닌가.

아니다. 사실 시간의 회복은 결국 모든 서사의 욕망이다. 모든 이야기에는 처음이 있고 끝이 있다. 그 끝에 만일 어떤 사람이 죽었다면 다시 한 번 더 이야기가 시작될 땐 살아나고야 만다. 굳이 판타지나 환상과 같은 장르적 명명에 기댈 필요도 없다. 이야기가 있는 한 그는 살아 있는 사람이고, 이야기가 없어질 때 그의 존재 역시 사라진다. 돌이킬 수 없는 시간의 일회성 앞에 서 있는 이야기들, 죽음의 필연성에 맞서는 시간 여행자들이 아마 그 욕망의 결정체가 아닐까 싶다.

○

시작은 발랄하다. 어떤 소녀가 아침에 일어나 이상하게도 자신의 가슴을 더듬는다. 마치 호기심 가득한 남자아이가 여자아이 몸을 가졌듯이. 여동생은 그런 언니를 이상하게 바라보곤, 어서 등교를 하라고 재촉한다. 여기, 그 여학생이 살고 있는 시골 마을과 멀리 떨어진 도심 도쿄에 살고 있는 남학생의 아침도 비슷하다. 그는 자신의 신체가 달라진 것을 느끼고, 목소리도 두꺼워졌다는 사실을 알아차린다. 그러니까 두 사람 몸이 바뀐 것이다.

벚꽃이 떨어지는 속도를 초속 5센티미터로 계산해, 그만큼 섬세하고도 예민함 감수성으로 표현해낸 일본 애니메이션의 새로운 얼굴 신카이 마코토의 작품 〈너의 이름은〉의 시작이다. 일본 애니메이션에서 시간 여행이라는 소재는 그다지 새롭지 않다. 일본 애니메이션의 근본적 상상력 중 하나가 바로 시공간의 이동이다. 〈하울의 움직이는 성〉이나 〈센과 치히로의 행방불명〉처럼 다른 차원의 시공간으로 이동하기도 하고, 〈시간을 달리는 소녀〉처럼 좀더 전형적인 타임슬립 장르도 꽤 많다.

그런데 〈너의 이름은〉의 특별한 점은 이 시간 여행의 가운데, 구심점이자 축이 되는 곳에 대재해와 죽음이 있다는 사실이다. 서로 다른 시간, 다른 공간을 살아가고 있는 두 소년, 소녀는 신비한 초월적 힘에 의해 일주일에 몇 번씩 몸을 바꾸게 된다. 이 신비한 설정에 대해 마치 멘토처럼 등장하는 소녀의 할머니는 모든 것이 다 연결되어 있기 때문이라고 말한다. 인연도, 신과 인간도, 끈을 만드는 실처럼 연결되어 있기에 시간도 이처럼 어딘가로 연결되어 있는 것이라고. 엇갈리고 만나고 섞여서 아름다운 끈을 만들어내는 실처럼.

누군가 죽음을 맞을 것을 알게 된 다른 한 사람은 '그 녀석'을 살리기 위해 전전긍긍한다. 어떻게든 시간의 연결고리를 찾아 그에게 사고의 위험을 알리고 싶기 때문이다. 왜일까. 만약 두 사람이 초월적 힘에 의해 연결된 경험이 없었다면 아주 먼 곳에 떨어진, 과거 재해의 주인공의 죽음에 연연했을까. 아마 그렇지 않았을 것이다. 그저 신문에 난 기사를 보며 안타까워하고는 아무 일 없듯 일상으로 돌아갔을 테다.

짐작하다시피, 해변가 시골 마을에서 일어나는 엄청난 자연재해, 마을을 아예 송두리째 없애버린 대재앙은 동일본 대지진을 연상시킨다. 지진이 일어나기 전, 쓰나미가 닥쳐오기 전으로 시간을 되돌리고 싶지만 현실에서 그건 결코 가능하지 않은 일이다. 그러나 애니메이션 〈너의 이름은〉 가운데서 두 소년과 소녀는 그 일을 해낸다. 자신들이 가진 사소한 경험에서 시작해 그 경험이 준 공감의 힘으로, 그래서 타인의 불행을 막아내기에 이른다.

사실 이건, 이를테면 영화 속 주인공들이 느끼는 것처럼 매우 사실적인 '꿈'에 불과하다. 그러나 이런 간절한 마음이야말로 살아남은 사람들의 공감과 연민의 반응이 아닐까. 그래서 이름도 잊고, 성도 잊었지만 어쩐지 무엇인가 소중한 것을 찾고 있다는 결락감에 더 나은 미래를 찾아가게 되는 것.

시간 여행이라는 허구는 다른 말로 희망이라 부를 수 있을지도 모르겠다.

○

돌이키고 싶은 선택, 다시 선택하기 위해 과거로 돌아가는 설정은 기욤 뮈소의 『당신, 거기 있어 줄래요?』(전미연 옮김, 밝은세상, 2007)에서도 등장한다. 김윤석, 변요한 주연의 영화로 각색된 〈당신, 거기 있어줄래요〉에서 주인공이 그토록 막고 싶어 하는 것은 단 하나다. 바로 사랑했던 여자, 연아의 죽음을 막는 것이다.

여느 시간 여행 영화처럼, 시작은 이미 쉰쯤 된 주인공 한수현으로부터 비롯된다. 의료 봉사 기간 선의로 돌봐준 어떤 아이의 보호자로부터 그는 신비한 약을 선물받는다. 그는 의심 없이 그 약 한 알을 입에 털어 넣고, 믿을 수 없이 신비한 체험을 하게 된다. 바로 꼭 돌이키고 싶은 선택을 할 그 나이대의 자신을 만나게 된 것이다. 의사임에도 불구하고, 출처도 불분명한 약을 선뜻 먹게 된 데에는 이유가 있다. 이미 그에겐 죽음이 가까이 다가와 있었기 때문이다. 폐암 말기, 그는 어차피 얼마 남지 않은 죽음, 몇 번의 시간 여행을 거듭해 다시는 볼 수 없게 된 사랑하는 여인, 연아를 한 번이라도 보고자 한다.

〈당신, 거기 있어줄래요〉에는 기존의 시간 여행 영화와는 조금 다른 점이 있다. 그건 보고 싶었던 사람을 만나 자신의 인생을 교정하고픈 게 아니라 단지 그 사람을 죽음으로부터 구해내고자 한다는 점이다. 그러니까 단 하나, 살리고만 싶은 욕망이 그를 과거로 가게 한다. 그가 행복하건 불행하건 그건 그다지 중요한 문제가 되지 않는다.

말하자면 한수현의 시간 여행은 철저히 선택의 철회에 집중되어 있다. 자신이 했던 선택을 돌이켜서 뺏어버린 한 사람의 생애를 돌려주고자 하는 것이다. 이는 삶에 있어서 살아남는 것이 아니라 살아오는 동안 했던 선택들을 얼마나 후회하지 않느냐가 중요하다는 사실을 보여준다. 그러니까 우리가 시간 여행자에 대해 쉽사리 갖게 되는 세속적인 생각, 가령 복권당첨번호나 재개발지역을 미리 알아내 큰돈을 벌거나 부자가 되는 게 아니라 단지 죽음을 피하는 것, 그게 가장 중요한 문제가 되는 것이다.

그러나 이런 시간의 가역성은 말 그대로 영화적 허구이자 간절한 상상이다. 아무리 간절히 생각한다고 해도, 죽은 사람을 살릴 수도, 지나간 선택을 돌이킬 수도 없다. 그래서 그 오래된 바람은 때로는 절망으로 돌아와 우리 삶을 침식하기도 한다. 지나간 선택이 너무나도 후회스러울 때, 그래서 그 선택의 기억이 스스로를 너무나 아프게 할 때 망각은 인간의 한계가 아니라 인간에게 내려진 축복이 된다.

돌이키고 싶은 과거를 가진 우리들의 형편은 신비의 물약을 선사받은 한수현보다는 오히려 〈메멘토〉의 주인공에 더 가까울지도 모르겠다. 그는 바꾸고 싶은 과거의 선택을 기억으로 교란한다. 즉, 실수투성이의 과거를 지우고 그 위에 기억하고 싶은 기억을 덧씌운 것이다. 마치 이미 한 편의 영화가 기록된 필름 위에 새로운 영화를 찍어내듯이 그는 기억을 바꾸고자 한다.

심지어 레너드는 기억을 바꾸기 위해 좀더 정교한 작업을 보탠다. 사진을 찍고, 몸에 문신을 새기고, 기록을 남겨서 가짜 기억을 역사로 남기고자 하는 것이다. 주인공 레너드는 5분가량의 사실만 기억하는 단기기억상실증 환자이지만 사실 그는 뛰어난 장기기억보존자이기도 하다. 오히려 단기기억상실증이란 잊고 싶은 기억을 망각하지 못하는 자의 역설적 증상일지도 모르겠다. 단 하나의 기억만 잊으면 좋겠는데, 그 핵심기억은 결코 지워지지 않는다. 그래서 그는 단기기억이라는 증상을 만들어낸 것이다.

그래서 레너드는 자신의 역사를 왜곡한다. 왜곡하기 위해 정교한 서사와 증거를 만든다. 역사를 왜곡하기 위해서는 훨씬 더 정교한 스토리텔링이 필요하기 때문이다. 롤랑 바르트의 말처럼 '이미-거기-있었음'의 사진, 삭제 불가의 문신, 마지막으로 기록의 권위에 기대어 레너드는 자신이 창조한 역사를 진실로 믿고자 한다. 이는 거꾸로 말해, 과거를 바꾸고 싶은 인간의 욕망이 현실이 될 때 그건 강박이며 범죄이고, 대단한 거짓이 된다는 것을 의미하기도 한다. 돌이킬 수 없는 것도 있다. 후회, 어쩌면 그 역시도 필연성의 일부일지도 모르겠다.

혼자 남는 것에
대하여

휴대폰은 꼬르륵 꼬르륵… 소리를 내면서 죽었다. 휴대폰이 죽자 나는 아내의 죽음이나, 오늘부터 치러야 할 장례 절차와도 단절되는 것 같았다. 휴대폰이 죽는 소리는 사소했다. 새벽에, 맥박이 0으로 떨어지면서 아내가 숨을 거둘 때도 심전도 계기판에서 그런 하찮은 소리가 났었다.

(김훈, 「화장」, 『제28회 이상문학상 작품집』, 문학사상사, 2004)

○

죽음은, 생각보다 하찮은 것일지도 모른다. 박목월이 동생의 죽음 앞에서 "여기는 그저 열매가 떨어지면 툭하고 소리가 나는 세상"(박목월, 「하관」)이라고 했던 까닭도 여기에 있을 것이다. 임권택 감독이 영화로 만든 소설 김훈의 「화장」은 이렇듯 하찮은 인간사 중 하나인 죽음을 다루고 있다. 이 죽음 속에는 살아 있는 여성을 더욱 아름답게 만드는 화장化粧이 있고, 남아 있는 육체의 고통스러운 악취와 변형을 감추는 화장火葬이 있다. 화장과 화장 사이, 이 사이에 김훈의 소설 「화장」이 지칭하는 죽음과 삶의 경계가 있다.

결국, 「화장」에서 탐구하는 죽음이란 바로 아내의 죽음이다. 부부란 무엇일까. 우리는 흔히 부부를 반려자라고 부른다. 인생을 같이 하는 친구, 인생의 거의 절반 이상을 함께 하는 사람, 2차 성징이 시작된 이후로는 부모에게 보일 수 없는 몸의 구석구석까지 서로 들여다보고, 보듬는 사이, 그런 사이가 바로 부부 아니었던가. 그렇다면 부부, 남편이나 아내의 죽음이란 과연 무엇으로 체험되고 또 어떤 상실로 다가오는 것일까. 그것은 그저, 사랑하는 사람의 실종 혹은 가족의 상실과는 다른, 지대의 상실일 것이다. 아내, 남편 그것은 내가 바라보는 거울 속의 나, 나의 또 다른 이면이기 때문이다.

○

"간병인이 아내를 목욕시킬 때 보니까, 성기 주변에도 살이 빠져서 치골이 가파르게 드러났고 대음순은 까맣게 타들어가듯 말라붙어 있었다. 나와 아내가 그 메마른 곳으로부터 딸을 낳았다는 사실은 믿을 수 없었다. 간병인이 사타구니의 물기를 수건으로 닦을 때마다 항암제 부작용으로 들뜬 음모가 부스러지듯이 빠져나왔다." 아내의 성기는 한때 그의 욕망의 성소였으며 이후 사랑스러운 딸이 태어난 생명의 성소였다. 그러나 항암제에 고스란히 난타당한 아내의 성기는 이제 더 이상 욕망이나 생명을 만들어내지 못한다. 오히려 생명의 통로였기에 더 빠르고 급하게 생명이 빠져나간다.

소설 「화장」에서 눈에 띄는 것은 바로 아내를 통해 만나게 되는, 최초의 죽음이다. 아내가 죽어간다는 것은 곧 나 역시 죽어갈 수 있다는 사실의 확인이며, 죽음이라는, 정해진 인생의 필연성을 몸으로 체감하는 과정이기도 하다.

163

주인공인 남자가 만성적인 전립선염에 시달리는 것도 비슷한 까닭일 것이다. 그는 아내의 장례에 앞서 우선 비뇨기과에 들러 방광에 가득 찬 소변을 빼낸다. 배설과 배출, 이젠 그에게 그조차 마음대로 되지 않는 일, 고장 난 기관을 확인하는 일이 된다. 아내의 성기에서 욕망과 생명이 사라지듯 나의 성기에 꽂힌 긴 도뇨관은 그에게도 에로스나 성적 욕망이 멀어진 일이라는 것을 보여준다.

중요한 것은 노화 역시 생명 현상 중 하나라는 것이다. 이는 사실상 아내의 몸을 지배하고 이내 빼앗아버린 종양에게도 해당된다. 살아 있기 때문에 늙고, 살아 있기 때문에 죽는다. 종양과 생명은 분리되지 않는다. 그는 아내와 함께 몸을 썼고, 그 몸으로 딸을 잉태하고 낳았기에 아내의 부서짐은 곧 나의 부서짐과 다르지 않다. 그런 그가 젊은 여성 추은주에게 매혹을 느끼는 이유도 여기에 있다. 그녀는 바로 생의 에너지, 에로스의 상징 같은 것이기 때문이다.

그가 그리워하고, 열망하는 추은주는 "만삭의 배를 어깨끈 달린 치마로 가리며 출근"하고, "젊은 어머니의 젖 냄새"를 풍기는 여자다. 즉 단순히 여성의 육체를 가진, 아니 성적 대상으로서의 젊은 여성이 아니라 투명한 에너지를 발휘하는, 순전한 의미로서의 어머니, 생산성을 가진 여성인 셈이다. 아이를 낳고 그 아이에게 젖을 물리는 여성에 대한 이 탐미적 시선은 곧 젊음과 에너지에 대한 욕망이라고 할 수 있다. 다시 돌이킬 수 없는 것, 한때 나의 것이자 아내의 것이기도 했던 생의 에너지 그것에 대한 간절한 그리움이 곧 추은주에 대한 연모의 정체인 셈이다.

추은주에 대한 갈망과 열망 끝에, 남자는 아내의 화장을 마친다. 결국 소설 「화장」은 아내가 죽은 후 장례를 치르고 화장을 마치기까지의 과정에서 펼쳐지는 한 남자의 내면적 갈등이자 그 갈등의 드라마라고 할 수 있다. 추은주에 대한 갈망과 고통은 모두 그의 마음속에서 일어날 뿐 영화에서처럼 실제 사건으로 펼쳐지진 않는다. 그는 다만, 그러니까 죽음이 바로 그의 곁에 머물고 있음을 깨닫게 된 그는, 안타까운 마음으로 막 소생하는 생명의 에너지를 훔쳐볼 뿐이다. 사라질 것을 알고 있기에 그 생의 에너지는 더욱 애틋하고 소중하다.

○

　어쩌면 부부란, 누구도 알지 못하는 죽음을 함께해줄 마
지막 동반자일지도 모른다. 무척 낭만적인 의미에서 말이다.
미카엘 하네케 감독의 영화 〈아무르〉에 등장하는 노부부의
죽음이 그러하듯이 말이다. 어느 날 정신을 잃고 쓰러진 아
내 곁에 아내만큼이나 나이를 먹은 늙은 남편이 머문다. 그는
여느 때처럼 아내에게 책을 읽어주고, 음악을 들려주며, 그녀
와의 일상을 나눈다. 하지만 그는 알고 있다. 이 일상이 영원
할 수 없다는 사실을. 그리고 그 짧은 유통기한이 끝나고 나
면 결국, 누군가 먼저 세상을 떠나야 하며 이 비루한 육신의
처리를 누군가에게 맡겨야 한다는 사실을 말이다.

　죽음이란 삶의 끝이기도 하지만 삶의 일부다. 누군가 세
상을 떠난다면 남은 자는 장례를 치러야 한다. 장례식 비용
을 치러야 하며, 묻힐 곳을 정해야 하며 이마저도 또 비용을
치르고 과정을 거쳐야 한다. 여전히 죽음은 남아 있는 사람
들, 살아 있는 사람들에겐 삶 가운데서 해결해야만 하는 일
중 하나인 것이다.

　자신이 먼저 세상을 떠나게 될 때, 사람으로서 그런 복잡

한 일들을 처리하기 어려운 사태에 남은 사람에겐 결국 죽음이 짐이 될 것이 뻔하다. 〈아무르〉의 남편이 스스로 아내가 가야 할 죽음의 길을 안내하고 자신의 목숨을 단축하는 까닭도 여기에 있다. 적어도 그는 아름다운 꽃들을 아내 곁에 두어, 최소한의 인간적 품위를 간직하고 싶었을 따름이다. 품위 있는 죽음을 위해 아내를 자신의 손으로 안내할 수밖에 없었던 것이다.

이렇듯 부부로서 서로의 곁을 지켜주는 죽음은 기타노 다케시 감독의 〈하나비〉에서도 발견된다. 이제 중년에서 노년기로 넘어갈 즈음의 부부에게 아내의 암이라는 불청객이 찾아온다. 아내의 치료를 위해 쓴 빚이 감당할 수준을 넘어서고, 급기야 폭력 조직은 남편을 위협해온다. 아내와 남편은 함께 여행을 가기로 마음먹는다. 사람 키를 넘는 눈이 덮인 마을, 바닷가를 여행하며 그들은 남아 있는 생에서 적어도 고민과 걱정은 하지 않기로 마음먹는다. 그리고 가장 아름다운 바닷가에 이르러 그들은 스스로 목숨을 끊는다. 아내의 죽음은 얼마 남지 않은 것이었으니 어쩌면 조금 시간을 앞당겼다고 말하는 편이 옳을 지도 모른다.

제목인 〈하나비〉는 불꽃을 의미한다. 기타노 다케시 감독은 화려한 자태로 하늘을 수놓고 순식간에 사라지는 불꽃을 두고 인생을 비유한다. 적어도 그에겐 인생이란 그처럼 아름답지만 덧없는 것인지도 모르겠다. 사랑하는 아내를 위해 모든 것을 탕진한 남편은 그렇게 아내와 함께 불꽃같은 생애와 작별한다. 그럴 수 있다면 충분하다는 식으로 매우 건조하고 담백하게 두 사람의 마지막은 처리된다. 미련도, 갈등도 없다는 듯 파랗고 투명한 하늘만이 스크린 가득 남고, 두 사람은 사라진다.

물론 이렇듯 최후를 함께 하는 부부의 모습은 무척이나 낭만적인 이야기라고 할 수 있다. 함께 죽는다는 것, 사실 그것은 얼마나 어려운 일일까. 하지만 반생을 함께해온 부부라면 그 부부 사이에 놓인 감정은 열정도 맹목도 아닌 훨씬 더 두껍고 단단한 어떤 감정의 덩어리일 것이다. 그러므로 결국 함께 죽음을 대면한다는 것은 남겨진 삶의 공포에 대한 하나의 해결일 수도 있을 것이다. 젊은 연인의 순애보다 이렇듯 나이 든 부부의 죽음이 더욱 뭉클한 까닭이다.

죽임이라는
형벌

죽음은 형벌일까, 축복일까. 레지스 드브레는 『이미지의 삶과 죽음』(정진국 옮김, 글항아리, 2011)에서 인류에게 있어 죽음의 경험이야말로 최초의 거울 단계였을 것이라고 말한다. '나'라는 존재가 세상에 던져진 하나의 객체라는 것을 알게 되는 아찔한 순간, 어머니의 풍부한 젖의 세계가 결국 나와 분리된 타인의 세계였음을 알게 되는 충격적인 순간, 즉, 세상의 영원한 따뜻함과 안락함이 결국 사라지는 게 분명하다는 첫 번째 인식이 죽음의 경험에서 비롯된 것이다. 인간은 결국 죽게 된다는 것을 알게 된, 첫 번째 인류의 기분이란 과연 어떤 것이었을까?

죽음이란 곧 변형을 의미했다. 따뜻했던 피부가 차갑게 변하고, 향기롭던 살 냄새가 혐오스러운 악취로 뒤바뀌고, 매끄럽던 몸피가 단단하게 굳어가는 것, 결국 우리가 사랑했던 무엇이 혐오스러운 무엇으로 바뀌는 과정 그것이 바로 경험으로서의 죽음일 것이다. 인간의 서사적 관습 안에서 죽음이 대개 형벌의 상징으로 환유되는 것도 이 때문일 것이다. 말하자면, 술탄의 아내들은 재미없는 이야기를 하면 죽음을 벌로 받았다. 『천일야화』의 세헤라자드가 열심히 흥미로운 이야기를 만들어내는 이유는 죽음이라는 벌을 피하기 위해서다.

하지만 엄밀히 말해 모든 이야기에 시작이 있으면 끝이 있듯이 태어나면 언젠가 죽기 마련이다. 죽음이란 형벌이기도 하지만 마침내 닿아야 하는 최종 목적지이기도 한 셈이다. 심지어 하이네는 죽음이야말로 평등이라고 말하지 않았던가. 부자도, 미인도, 유명한 사람도, 무명인 사람도 결국 모두 죽기 마련이다. 죽음은 형벌이기도 하지만 신이 인류에게 내려

준 유일하게 평등한 기회이기도 한 셈이다.

○

"1) 복수는 나의 것이니 내가 행하리라 – 로마서 12:19"
톨스토이의 『안나 카레니나』 가장 첫 부분에는 로마서의 한
구절이 새겨져 있다. 이는 쓰여 있다기보다는 새겨져 있다고
표현하는 편이 더 옳을 듯싶다. 마치 안나의 비문처럼 성경의
말씀을 빌어, 톨스토이는 말한다. "복수는 나의 것이니 내가
행하리라"라고 말이다. 과연 복수는 무엇이고 또 여기서 '나'
는 누구란 말인가? 그리고 복수를 행하는 방식은 결국 어떤
형태로 경험되는 것일까?

『안나 카레니나』는 20세기의 고전이라고 말할 수 있다. 19
세기 말에 탄생한 이 작품이 가장 열렬한 지지를 받은 시기
가 20세기였기 때문이다. 『안나 카레니나』가 20세기 최고의
고전이라는 점은 여러 가지로 암시하는 바가 크다. 부유한 남
편과 건강한 아들을 둔 유부녀가 사돈 처녀가 베필로 꿈꿔왔
던 남자와 바람을 피우다 죽는 이 소설은 어떻게 20세기의
고전이 되었을까?

『안나 카레니나』에는 몇 번의 기차 장면이 등장한다. 첫 번째 기차 장면은 바로 안나가 생 페테르부르크를 떠나 오빠를 만나기 위해 모스크바로 가는 장면이다. 두 번째 인상적인 장면은 사돈 처녀가 청혼을 받을 것이라고 예상되었던 파티에서 바로 그 청혼을 해야 할 남자와 안나가 미친 듯이 마주르카를 추고 이내 정신을 차리곤 생페테르부르크로 돌아가기 위해 탔던 기차이다. 세 번째는 이미 아편과 질투에 중독된 안나가 남편을 떠나기 위해 무작정 기차역으로 빨간 가방을 들고 나가는 장면이다. 마지막으로 기차역에 갔을 때 안나는 기차를 타지 않고 기차에 뛰어든다.

노벨문학상을 수상하기도 한 터키의 작가 오르한 파묵은 여러 번의 기차 장면 중에서도 특히 두 번째 기차 장면을 유심히 들여다봐야 한다고 말한다. 안나는 모스크바에서의 강렬한 체험을 잊기 위해 독서에 몰입하고자 한다. 하지만 하필 읽고 있는 소설 속 주인공이 사랑에 빠지자, 이내 안나는 독서공간에서 튕겨져 나와 브론스키를 다시 떠올리고 만다. 오르한 파묵은 소설이 이처럼 강렬한 직접 체험의 세계와 경쟁하고 있음을 의미 있게 지적한다.

그러나 두 번째 기차 장면에서 나의 눈길을 끄는 것은 안나의 선택이다. 안나는 책을 덮었을 때, 자신을 따라 기차에 오른 브론스키를 발견한다. 안나는 자신이 모스크바를 떠남으로써, 브론스키와의 불륜을 거절했다고 믿고 있다. 즉, 그녀는 자신이 자신의 운명을 선택하고 결정했다고 믿는다. 이후에도 마찬가지다. 안나는 브론스키에 대한 자신의 감정을 숨기지 않고, 선택에 주저하지 않는다. 그녀는 우연히 불륜의 덫에 빠진 게 아니라 뒤늦은 사랑을 스스로 선택한 것이다.

문제는 그 선택한 사랑이 기대했던 결말과는 사뭇 다르다는 점이다. 안나의 예측과 달리 아들 세료자가 너무 보고 싶고, 남편 카레닌은 결코 이혼을 허락하지 않는다. 여전히 독신자인 동거인 브론스키에 대한 사랑은 그만큼의 집착과 의심으로 둔갑하고 만다. 안나에게 브론스키와의 사랑은 이를테면, 사고나 재난처럼 언제나 위급한 것이어야 마땅하다. 하지만 일상 속에 잠잠해진 사랑의 파고는 그녀에게 사랑의 부재로 읽히고 만다. 그녀는 인습을 버리고 욕망을 선택했던 당당한 여성이 아니라 의심하고, 두려워하고, 그렇기 때문에 브론스키를 괴롭히는 불쌍한 여자가 되어버렸다.

○

중요한 것은 그런 그녀가 브론스키를 벌주기 위해 죽음을 기획한다는 사실이다. "아편을 평소 분량만큼 손수 따르며 목숨을 끊기 위해서는 한 병을 다 마시기만 하면 된다고 생각하자, 그것은 그녀에게 너무도 쉽고 간단하게 느껴졌다. 그녀는 이미 때가 늦어 버렸을 때 그가 얼마나 괴로워하고 후회하고 그녀에 대한 기억을 사랑하게 될까 하는 달콤한 생각에 빠지기 시작했다."(『안나 카레니나』, 레프 톨스토이 지음, 연진희 옮김, 민음사, 2009)

안나는 그에게 벌을 주려고 '나'로부터 벗어난다. 그녀의 죽음이 그에게 상처가 될 것을 알기 때문에 그녀는 스스로에게 죽음을 준다. 이러한 그녀의 태도는 "악에 대한 종속"에서 벗어나기 위해 마찬가지로 죽음을 꿈꿨던 인물 레빈이 마침내 죽음의 유혹에서 벗어나 살아남은 것과 대조된다. "행복한 가정을 가진 건강한 인간 레빈은 자신의 목을 매지 않도록 끈을 숨기고 자신에게 총을 쏠까 봐 총을 들고 다니는 것조차 두려워"하지만 결국 "총으로 자살하지도 않고, 스스로 목을 매지도 않고 여전히 살아"간다. 그에게는 지키고 싶은 것, 자신을 지킴으로써 지킬 수 있었던 가족이 있었기 때문이다.

사실 안나의 죽음은 선택이라기보다는 결과다. 그런 점에서 그녀의 죽음은 마치 자살인 것처럼 보이지만 형벌과 다르지 않다. 안나를 플랫폼에 끌고온 것은 약물, 욕망, 질투, 분별없는 증오였다. 여기엔 브론스키를 사랑했던 안나, 그녀 본래의 모습은 없다. 물론, 톨스토이는 잘못된 선택을 한 여자의 최후를 보여줌으로써 올바른 윤리와 도덕의 예를 제시하고자 했다. 그러니까 안나의 죽음은 형벌이어야 마땅한 것이다. 하지만, 어쩐지, 20세기 초 그녀를 죽음으로 몰고간 것은 안나의 욕망이 아니라 그 욕망을 명명했던 사회의 구조라는 점을 부인할 수가 없다. 이미 안나가 죽음의 유혹에 굴복하기 이전 그녀의 오빠는 남편 카레닌을 찾아가 애원하며 이렇게 말한다. "잠시만이라도 그 애의 입장이 되어 봐. 그런 처지에 있는 그 애에게 이혼의 문제는 삶과 죽음이 달린 문제야. 만약 자네가 예전에 약속하지 않았더라면, 그 애도 자신의 처지와 타협하고 시골에서 살았을 거야. 하지만 자네는 이미 약속을 했고, 그래서 그 애도 자네에게 편지를 쓰고 모스크바로 거처를 옮긴 거야. 그리고 벌써 여섯 달 동안 그 애는 매일같이 자네의 결정을 기다리며 모스크바에서 살고 있어. 사람을 만날 때마다 자기의 심장에 칼이 꽂히는 것처럼 느껴지는 그곳에서 말이야. 그건 사형선고를 받은 사람에게 죽음을, 혹은 자비를 약속하면서 그 목에 몇 달 동안 계속 올가미를 씌워두는 것과 다를 게 없어. 그 애를 불쌍하게 여겨줘."

　그렇다면 과연 안나의 남편 알렉세이 알렉산드로비치는 이혼해주지 않는다는 사실로 인해 안나가 결국 죽음과도 같은 삶을 살아가게 되리라는 것을 알지 못했을까? 아마도 충분히 짐작했을 것이다. 어쩌면 그는 소설의 제사에 써 있던 복수의 주체를 자기 자신이라고 생각했던 것은 아닐까? 만일 알렉세이가 복수할 수 있었다면 그 권한은 바로 19세기 러시아 사교계의 가부장적 관행에서부터 비롯된 힘이었을 것이다. 즉, 알렉세이가 이혼을 해줬더라면 안나는 브론스키와 이미 모스크바를 떠나, 시골에서 살아갔을 것이고, 적어도 기차역에서 목숨을 잃진 않았을 것이다.

　안나는 자신이 스스로를 벌함으로써 자신을 사랑하는 걸 멈추고, 열정을 식게 한 브론스키에게 형벌을 주었다고 여겨지만, 어떤 점에서 안나의 죽음은 알렉세이가 그렸던 커다란 복수의 틀 안에 있었을지도 모른다. 그러므로 모든 죽음은 개인의 선택이기도 하지만 한편 사회적 형벌이기도 하다. 19세기의 안나가 21세기에 살았더라면, 어쩌면 그녀는 죽음 이외의 다른 선택을 했을지도 모를 일이다.

아무도
기억하지 않는 자의 죽음

시계아범이라 불리는 어린아이, 아버지인 주드와 꼭 닮아 리틀 주드라고 불리는 아이가 어머니에게 말한다. "우리가 좋은 집을 구할 수 없는 것은 우리 때문이죠?" 아이는 지나치게 생각이 많다. 아이가 많아서 셋방을 구하기 힘들자, 이 조숙한 아이는 자신들은 태어나지 말았어야 한다고 생각한다. 심지어 "필요 없는 아이가 태어날 때는 즉시 죽여 버려야 될 거예요. 영혼이 아이들에게 오기 전에요. 그래서 아이가 크게 자라고 걸어 다니고 하지 못하도록 말이에요!"

톨스토이가 행복은 비슷하고 불행은 각각이라고 말했지만 이게 꼭 진실은 아니다. 다만 톨스토이는 불행의 '각각'이 삶의 접힌 이면을 보여준다고 여겼을 뿐이다. 그는 불행의 다양한 면에 관심을 기울였던 것이다. 그런 점에서, 토머스 하디 역시 불행의 다양한 면모에 눈을 둔 작가라고 할 수 있다. 그런데 조금 더 잔혹한 데가 있다. 그 불행을 발견한 자가 겨우 아이이니 말이다.

아이는 자신이 세상에 대해서 뭔가를 생각하고, 안다고 여기지만 한편 무엇을 모른다고는 여기지 않는다. 자신의 생각이 무조건 옳다고 여기는 것이 얼마나 위태로운 것인지도 모른다. 사실, 이건 불행의 전조였다. 리틀 주드가 이런 이야기를 한 대상은 바로 그의 새어머니이자 아우들의 친모였다. 비 오는 날 전세방을 전전하던 수는 아이의 이야기에 귀를 기울일 여력이 없다. 후에 더 큰 비극이 일어난 후 수는 이날을 되돌이켜 이렇게 말한다. 아이의 말을 마치 어른의 말처럼 듣고 대답했노라고, 그래서, 인생이란 그렇게 역경이고 고통이라 말했다고 말이다.

그럼에도 불구하고, 주음미

그러나 결국 세상 안에 있는 것보다 밖에 있는 것이, 정말로 더 나은 일일까? 다자이 오사무의 말처럼 태어나지 않은 아이가 가장 행복한 아이일까? 리틀 주드의 말처럼 영혼이 없는 아이들은 고통도 모를까? 이는 뒤집어 말해서 고통이 영혼을 만드는 것은 아닐까? 아이는 결국, 선택을 한다. 엄마 수가 아버지 주드를 만나러 잠시 방을 비운 사이 리틀 주드는 여동생과 태어난 지 얼마 되지 않은 막내 동생의 목을 조르고 자신도 목을 매달아 세상과 작별한다. "우리들이 너무 많아서 이렇게 합니다." 아직 제대로 글을 배우지 못한 어린 아들은 부모에게 유언을 남긴다. 문법에 어긋난 진심이 오히려 읽는 이의 마음을 후려친다.

○

토마스 하디의 소설 『이름 없는 주드』에 등장하는 주드의 삶은 선택과 저항의 연속이라고 말할 수 있다. 신이 직조한 세계에서 인간의 선택은 보잘 것 없는 실수와 다를 바 없다. 즉, 주드의 공간에서 주드는 신이 허락한 세계 안에서만 주어진 선택을 해야만 한다. 그게 19세기 영국의 평범한 문자 식자공으로서 할 수 있는 유일한 선택이기 때문이다. 하지만 주드는 자신에게 거의 허락되지 않은 대학을 선택하고, 더 높은 방식의 삶을 추구한다. 이미 결혼을 했던 주드가 더 나은 사랑을 위해 사촌 수와 동거하는 이유도 여기에 있다. 신이 허락한 단 한 번의 결혼이라는 개념은 주드에게는 용인될 수 없다. 그는 수를 사랑하기 때문에 그녀와 사랑을 나누고, 그녀와의 사이에서 아이를 낳는다.

문제는 세상이 그 사랑을 허락하지 않는다는 것이다. 이미 한 번 결혼을 한 주드에게 수와의 동거는 신의 허락을 받지 않은 불륜과 다를 바 없다. 이는 비단 도덕의 문제가 아니었기 때문에, 결혼증명서가 없는 주드와 수는 어느 곳에 가서도 취직을 하기 어렵고 또 셋방살이를 하기도 어렵다. 만약, 주드가 대학을 포기했더라면 문제는 좀더 간단해졌을지도 모른다. 하지만 주드는 세상이 금지하는 대학도 선택하고, 법의 언어가 금지하는 재혼도 선택했다.

주드와 수는 자신들의 선택을 이성의 저항이라고 말한다. 주드는 당시 평범한 하층민에게 허락되지 않았던 대학을 꿈꿨다. 수 역시 교회가 허락한 순결한 가정이라는 법칙에 저항

했다. 하지만 아이가 세상을 떠나고 나서 수는 돌변한다. 그녀는 성경을 인용해 세상 사람들이 자신을 비웃고, 감시하고 있다고 여기며 사실 아이들의 죽음은 바로 형벌이었다고 말한다.

여기에 주드는 수가 이성을 잃고, 두뇌에 대한 호소를 버렸다고 말한다. 감정의 사치이며 작위적 신념에 빠져들었다고, 여전히 그는 그녀를 사랑하므로 그것이 더욱 소중하다고 말하지만 수에게 이미 그 사랑은 형벌의 전조일 뿐이다. 결국 그녀는 마치 속죄하듯이 교회가 허락한 남자에게 돌아가 결혼식을 올린다. 손이 닿으면 마치 뱀이나 쥐가 닿듯이 소름부터 끼치는 남자이지만 그것이 형벌에 대한 응답이라고 여겼기 때문이다.

소설에서 변치 않는 하나의 사실은 마지막 순간까지 주드와 수가 서로를 사랑한다는 사실이다. 『안나 카레니나』처럼 서로의 사랑을 의심하거나 지쳐가는 게 아니라 사랑의 지속을 믿고 있지만 그렇기 때문에 더 가까이 가지 못한다. 가난도, 세상의 질서에도 당당했던 그들 앞에 세 아이의 죽음은 일종의 신의 계시이자 형벌로 다가왔을 듯싶다. 세상 그 누가 자식의 죽음 앞에 그것도 작은 상자에 들어가도 이상하지 않을, 작은 아이들 셋의 죽음 앞에 선다면, 자신을 탓하고 벌하지 않을 수 있을까?

그런데, 여기서 다시 처음으로 돌아갈 필요가 있다. 그들이 이처럼 잔혹한 형벌을 받는 이유는 다름 아니라 주드가 그에게 허락되지 않은 박사학위와 대학을 꿈꾸었기 때문이다. 주드는 그의 선생님이 어린 시절 이야기해줬듯이, 꿈을 꾸고, 고상한 미래를 그린다면 그것을 이루리라고 믿었을 뿐이다. 마치, 우리가 어린 시절, 담임 선생님의 말을 귀담아 듣듯이.

"여러분, 노력만 한다면 뭐든지 이룰 수 있답니다. 여러분은 세상의 어떤 일이라도 할 수 있어요." 주드의 잘못이라면, 그 달콤한 거짓말을 모두 진짜로 들었다는 것 뿐이다. 주드는 노력만 하면 세상의 유리천장을 모두 없애고 그러니까 관습적 장막을 걷고 꿈을 이룰 수 있으리라고 믿었다. 그러나 그에게 허락된 일이라고는 돼지 창자에 고기를 넣고 소시지를 만드는 일 뿐, 책을 읽고, 공부를 하는 박사의 길은 애당초 열리지 않는 길이었을 지도 모른다. 주드가 죄를 저질렀다면 그것은 세상이 허락하지 않는 일을 스스로 이뤄내고자 했던 것,

바로 그 도전인 셈이다.

○

소설 제목 '이름 없는 주드Jude the Obscure'는 그런 점에서 의미심장하다. 세상에 뭔가 이름을 남기고 싶었던 주드는 이내 아무것도 아닌, 무명씨로 세상을 떠나고 만다. 대학생들의 운동 경기와 그 환호 소리를 뒤로 그는 혼자 쓸쓸히 되뇌인다.

> "내가 태어난 날을 멸하게 하라. 남자 아이를 잉태하였다 하던 밤도 멸하게 하라."
> ("만세")
> "그날이 어둠이 되게 하라. 하느님이 위에서 돌보지 말게 하라. 빛이 그날을 비추지 말게 하라. 그 밤이 적막하게 하라. 거기서 즐거운 소리가 나지 않게 하라."
> ("만세")
> "어찌하여 나는 태에서 죽지 아니하였는가? 어찌하여 어미에서 나오면서 숨지지 아니하였던가? 그러면

이제는 조용히 누워 쉬고 있을 것이니. 잠들었을 것
이니. 그러면 쉬고 있었을 것이니!"

("만세")

"거기서는 갇힌 자가 함께 쉬고 있어 압제자의 소리를
듣지 아니하니… 작은 자와 큰 자가 거기 있나니. 하
인은 주인으로부터 자유로우니. 어찌하여 비참한 자
에게 빛을 주시고 번뇌하는 자에게 생명을 주는가?"

(『이름 없는 주드』, 토마스 하디 지음, 정종화 옮김, 민음사,
2007)

토마스 하디는 운명에 따라 혹독한 삶을 살아간 사람들
을 주로 소설로 그려냈다. 하지만 그의 소설 속의 운명은 그
리스 비극에서 말하는 타고난 천명과는 조금 다르다. 어느새
그 운명은 환경이나 계층과도 같은 세상사의 일과 더 깊게 연
루되어 있다. 그리고, 이 운명의 힘은 지금도 여전히 세다.

영화 〈주드〉에서 감독인 마이클 윈터바텀이 이 마지막까
지 가지 않고, 아이들의 죽음과 수의 떠남에서 이야기를 끝
낸 이유도 짐작이 된다. 아마도 마이클 윈터바텀은 주드의 선

택에 대해 자기 부정의 형벌까지 내리고 싶지는 않았던 모양
이다. 영화 속에서만큼은 여전히 주드가 하늘을 바라보며 소
리치고, 저항한다.

세상의 환호를 배경음으로 주드는 자신의 탄생과 자신을
탄생하게끔 한 아버지의 환희와 어머니의 열락을 부정한다.
그는 여전히 수를 사랑하지만 자신의 이런 몰골을 보일 자신
이 없다. 수 역시 다르지 않다. 사랑하지 않는 남자와 일생을
살아가기로 마음먹은 그녀는 지금 파리하게 야위어간다.

주드가 외우는 것은 욥기다. 욥은 성서의 이야기 중에서
도 가장 참혹한 드라마라고 할 수 있다. 하느님은 욥에게 소
중한 것들을 선사하고는 죄다 빼앗아버리고 만다. 돈, 자식,
건강 모든 것을 말이다. 그럼에도 불구하고 욥이 하느님의 사
랑을 끝내 믿었다면, 주드는 자신의 선택을 끝까지 신봉한다.
그러므로, 어둠 속의, 아무도 알지 못하는 주드는 자신이 선
택을 위해 스스로 죽음이라는 형벌을 치른 자라고 말할 수
있다. 그러나 욥의 죽음은 모두가 기억하지만 주드의 죽음은
누구도 기억하지 못하리라.

국가에 나를 바치다

"나라를 위해 희생할 결심을 한 사람으로서 이런 손해쯤은 각오해야 했다." 영화 〈색, 계〉 속 왕치아즈는 결심했다. 그녀는 지금 무슨 결심을 한 것일까. 나라를 위한 희생을 각오한 것일까. 이런 손해를 각오한 것일까. 그녀는 지금 항일 단체에 가입해 비밀리에 임무를 수행 중이다. 민족을 반역한 친일파 이대장에게 접근해 그를 암살해야 한다. 대학생들이 주축이 된 항일 단원들은 영화나 소설에서 보았던 미인계를 생

190

각해낸다. 그런데 미인계를 쓰려면 당연히 섹스가 오가야 할 텐데, 안타깝게도 그들 중에는 아직 이성과 동침해본 사람이 없다. 그녀 역시 처녀였다. 단원 중에 유일하게 이성 경험이 있는 사람이 있었는데, 동료들 중 가장 볼품없는 량륜성이다. '그나마 이성과 섹스를 해본 사람이어야 할 것인데'라는 순진한 생각으로 단원들은 그녀와 량륜성의 섹스를 추진한다.

왕치아즈는 모두가 아는 남자와 첫 관계를 갖고, 모두가 밖에서 숨죽이며 지키고 있는 곳에서 첫 관계를 가진다. 하지만 섹스란 무엇인가. 그와 나, 그녀와 나만의 비밀, 둘만이 지켜야 하는 사적 공간의 대명사가 바로 섹스 아닌가. 말하자면 그녀는 그런 손해를 각오하고 나라를 위해 '개인의 공간'을 포기한 것이다. 하지만 개인의 공간이란 너무도 깊고 넓다. 그것을 포기한다는 것은 사적인 행복과 욕망, 욕심과 갈등을 모두 희생하는 것이다. 개인이 할 수 있는 것, 아니 개인이어야만 하는 모든 것, 사랑하는 사람과의 아름다운 밤, 그와 나누는 밀어, 그리고 추억. 왕치아즈는 항일이라는 연극을 위해 개인의 밤을 모두 버린다.

○

과연 국가란 무엇일까. 『나라를 사랑한다는 것』(오인영 옮김, 삼인, 2003)에서 콰미 앤서니 애피아는 국가를 "도덕적 문제"라고 말한 바 있다. 그는 "국가란 사람들이 그것에 관심을 갖기 때문에 문제되는 것이 아니라, 그것이 항상 도덕적 정당화를 필요로 하는 강제적 방식으로 우리의 삶을 규제하는 것이 문제"라고 말한다. 국가란 마치 법이나 질서처럼 자연스럽게 일상 속에 녹아 있되 감지되지 않는 상태가 가장 이상적일 것이다. 후두나 기관지가 평상시엔 없는 것처럼 느껴지지도 않지만 감기나 염증이 생기면 그 존재를 강렬히 증명하듯이 어쩌면 국가는 '고장'이나 '이상'이 없는 이상 느껴지지 않는 게 정상일지도 모른다.

홉스의 말을 빌리면 국가는 '공인된 강제의 형식'이다. 국가는 국가라는 이유로 목적을 달성하기 위해 권한을 행사한다. 사실 국가라는 개념이 무척 건강할 때, 사람들은 오히려 그것이 남용될 가능성에 주목한다. 국가는 이미 도덕적으로 정당화된 힘이기에 자칫하면 남용될 우려가 있기 때문이다. 우리는 종종 소설과 영화에서 '국가'를 위해, 혹은 이념을 위해 목숨을 바치는 경우를 보게 된다. 자신들만의 나라를 갖기 위해 그들은 목숨을 버린다. 오래된 관용구처럼 '초개와 같이 목숨을 버리는 것'이다. 하지만 국가라는 것이 손에 잡히는 물질도, 그렇다고 교환되는 돈도 아닌데, 어떻게 목숨까지 희생할 수 있는 것일까. 목숨을 담보로, 목숨을 희생하며 지키고 싶은 조국과 민족이란 과연 무엇일까. 모든 생물의 가장 근원적인 욕망인 개체 보존의 욕망을 넘어서 목숨까지 버리게 하는 그 조국에 대한 사랑과 그로 인한 죽음의 근원적 동력은 어디에 있는 것일까.

스티브 매퀸 감독의 영화 〈헝거〉는 말 그대로 배고픔을 영화적 소재로 삼고 있다. 그런데 눈여겨봐야 할 것은 이 배고픔이 먹을 것이 없어서, 가난 때문에, 병 때문에 발생한 배고픔이 아니라 투쟁을 위해 스스로 선택한 배고픔이라는 것이다.

〈헝거〉의 주인공 보비 샌즈(마이클 패스벤더 분)는 영국으로부터 완전한 독립을 목표로 하는 아일랜드공화국 군인인 IRA 조직원으로 생활하다 투옥된다. 영국연방은 세계가 인정하는 합법적 국가이지만 아일랜드 사람들은 자신의 조국을 아일랜드 공화국이라고 믿는다. 불완전한 독립과 의존에서 벗어나고자 IRA는 지속적 투쟁을 감행한다. 보비 샌즈는 독립을 주장하며 죄수복 착용과 샤워를 거부하며 교도소 내 투쟁을 벌인다. 그런데 이마저 묵살당하고 인권 유린까지 당하자 마가렛 대처에 맞서 단식 투쟁을 시작한다. 그런데 이 단식 투쟁이 예사롭지 않다. 누군가에게 보여주기 위한 전시성 단식이 아니라 곡기를 끊고 자신의 신념을 관철하려 했기 때문이다.

영화를 보는 내내 관객을 압도하는 것은 무려 14kg이나 감량한 패스벤더의 육체를 통해 전달되는 단식의 고통이다. 그는 단식으로 생명의 위협까지 받게 된다. 에너지를 가장 많이 필요로 하는 근육이 먼저 소실된다. 문제는 우리 몸의 장기를 유지하는 데에도 에너지가 필요하고, 심장을 뛰게 하는 것 역시 근육이라는 사실이다. 그는 심지어 심장을 뛰게 할 근육까지 영양실조로 잃고 죽음을 맞이한다. "한 마리의 종달새는 가둘 수 있지만, 그 노래까지 멈추게 할 수는 없다"는 말을 남긴 채.

27살의 건장한 남자가 단식으로 세상을 떠나는 데에는

66일의 시간이 걸렸다. 먹지 않아서 죽는 것, 과연 이게 가당키나 한 일인가. 영화 속에서 보비 샌즈는 극심한 고통과 격렬한 환청, 환상까지 경험한다. 그건 인간이 아니라 살아 있는 생명체로서의 본능을 거스르는 일이다. 먹지 않음으로써 갖고 싶었던 것이, 손에 잡히거나 먹고 마실 수 있는 물리적인 게 아니라 이념적 결집인 국가라는 점에서 더욱 그렇다. 국가를 위해서 생생한 육체적 고통을 감내한다. 보이지 않는 것을 위해 보이는 것을 희생한다. 그것이 바로 국가를 위한 죽음, 신념을 위한 죽음의 위대함이다. 눈에 보이는 이익이나 먹잇감만을 노리는 동물이 절대로 할 수 없는 것, 인간만이 선택할 수 있는 죽음의 양식인 것이다.

○

2016년 여름 개봉했던 영화 〈밀정〉에도 이런 인물들이 등장한다. 바로 의열단으로 활동했던 항일투사들이다, 영화 〈밀정〉은 사실 그 투사들보다는 왜와 조국 사이를 오가며 혼란을 겪었던 인물, 이정출(송강호 분)이 주인공인 작품이다. 그런데 이 작품에서 유독 두드러지는 장면이 있었으니 바로 항일투사들이 투옥돼 일본 경찰들에게 심한 고문을 받는 장면이다. 어떤 점에서 일본 경찰들의 고문은 한국인들 사이에서 상투적으로 느껴질 수도 있다. 손톱을 뽑는다더라, 인두로 지진다더라와 같은 고통스럽고 잔혹한 고문 기술들을 익히 들어왔기 때문이다.

〈밀정〉에서도 그런 잔혹한 고문들이 거듭된다. 그런데 중요한 것은 잔혹한 고문 그 자체가 아니라 그것을 견디면서 아무런 자백도 하지 않고 버티는 항일단원들의 모습이다. 고문의 근본 원리는 바로 고통을 두려워하고, 싫어하는 동물의 본성을 건드리는 것일 테다. 인간 이전에 육체와 감각을 지닌 동물로서 수치를 주고, 괴롭히는 것 그것이 바로 고문의 핵심이다. 즉, 인간 이하의 방법을 통해 상대방을 인간 이하로 끌어내리는 것이 고문의 원리인 셈이다.

하지만 〈밀정〉의 김우진(공유 분)은 고문에 굴복해 신념으로 지키고 있던 비밀을 누설하지 않기 위해 스스로 혀를 잘라낸다. 과연 그에게 가해진 신체적 고통과 혀를 자르는 고통 중 어떤 게 더 아플까. 비교할 수 없을 것이다. 게다가 고문이 자의와 무관하게 외부에서 가해지는 폭력이라면, 혀를 자르는 것은 자해, 즉 스스로가 자신에게 가하는 폭력이자 고통이다. 혀를 자르기는 보통 어려운 일이 아니라고 한다. 이유는 단 하나다. 너무 아프기 때문에 깨물긴 해도 자를 정도로 힘을 줄 수 없기 때문이다. 그러나 김우진은 깨무는 것에 그치지 않고 혀를 자른다. 그 힘은 그의 신체가 아닌 신념이 부여한 힘임이 틀림없다. 본능을 거스르는 힘, 그것은 신념에서 비롯되지 않았다면 결코 실현되지 못할 그런 힘이기 때문이다.

영화 〈브레이브 하트〉에서 스코틀랜드의 독립을 꿈꾸던 윌리엄 월레스는 마지막 추국 장소에서 한 가지 제안을 받는다. 영국의 왕에게 "자비를 베푸소서"라는 한마디만 한다면, 조금 덜 고통스럽게 세상을 떠나게 해주겠다고. 이미 그의 몸은 온갖 고문과 형벌로 엉망진창이 되어 있다. 보는 사람들이 너무 고통스러워서 마주 보기 힘들 정도다. 그러나 그는 약간의 자비 대신 끔찍한 고통을 선택한다. 그는 자신의 조국을 버릴 수 없고, 고통과 그것을 거래할 수 없다. 국가, 조국, 신념이란 거래할 수 없는 바로 그 무엇이기 때문이다.

사람들은 거래할 수 있는 것, 돈이라면 무엇이든 다 한다고 믿는다. 후기 자본주의 사회에서 돈이 가장 귀중한 가치가 아니겠냐고 말하기도 한다. 하지만 때로는 그런 물리적 보상이나 욕망으로부터 완전히 동떨어진 사람들이 있으니 바로 그들이 우국지사이며 순국열사들일 것이다. 우리가 인간임을 죽음을 통해 증명해주는 사람들, 그게 바로 국가를 위해 개인을 희생한 사람들의 죽음이다.

재앙 앞의 사람들

시작이 있으면 끝이 있다. 사람들은 이 우주가 어떻게 해서 탄생하고 성장해왔는지 궁금해한다. 신이 세상을 창조했다고 믿기도 했지만 아주 작은 우주 먼지들이 우리의 시작이라고 여기는 사람도 있다. 종교라 부르든, 과학이라 부르든 우리가 알지도 기억하지도 못하는 먼 과거에 우리는 시작되었다. 어떤 형태든 시작이라 부를 만한 것이 있어, 지금 우리가 여기에 유기체로 존재하는 것이니 말이다.

그렇다면 끝도 있을 것이다. 우리는 하루에도 수없는 시작과 끝을 목격한다. 30초짜리 광고도 시작과 끝이 있고, 책은 첫 페이지가 있으면 마지막 페이지도 있기 마련이며 시작된 영화는 언젠가 끝이 나게 되어 있다. 그리고 우리는 태어났기 때문에 언젠가는 죽기 마련이다. 그래서일까. 사람들은 시작만큼이나 끝을 상상하길 좋아한다. 아니, 사실은 두려워한다. 어쩌면 두려워하기 때문에 어쩌면 더 열심히 상상하는 것일지도 모른다. 우리가 재앙서사라고 부르는 수많은 이야기들, 재앙을 기록하는 이야기나 예견하는 이야기 혹은 그 재앙을 바탕으로 피어나는 인간애에 대한 이야기든 간에, 그 이야기들은 시작이 아니라 끝에서 시작된다.

묵시록Apocalypse은 그 어원에서부터 '드러내다'라는 의미를 포함하고 있다. 세상의 끝은 어느 한편 우리 삶에서 가리워지거나 보여지지 않던 무엇을 드러내는 작용이기도 하다. 사람들은 끝의 상상을 통해 여기, 현재, 우리의 삶에 어떤 메시지를 전하고자 한다. 묵시록적 결말은 대개 재앙과 함께 다가온다. 재앙이란 무엇인가. 어쩌면 그것은 우리의 예측이나 관측 혹은 대응을 넘어선, 불가항력적인 모든 것을 가리키는 것일지도 모르겠다.

○

2016년 천만 관객 이상을 동원한 영화 〈부산행〉은 따지고 보면 재난서사라고 말할 수 있다. 〈부산행〉에서 죽음은 어떤 한 사람에게 닥친 불행이 아니라 말 그대로 셀 수 없는 지경으로 발생하는 어떤 사태다. 게다가 죽었던 사람들이 바로 영혼 없는 육체로 회귀한다. 조금 전까지 사랑하는 나의 가족이거나 친구였던 사람이 영혼 없는 기계적 신체로 돌변해 우리를 공격한다. 어느 새 재난 서사의 대명사격이 된 좀비이지만 사실, 좀비는 한국 문화에 있어서 매우 낯설고 이물스러운 존재였다.

그런데, 엄밀히 말해, 좀비는 우리의 삶에 대한 어떤 은유다. 재난으로서의 좀비는 완전히 인공적이기에 한편 통제 가능한 상상력의 결정체라고 말할 수 있다. 9·11테러가 있기 전, 미국 영화의 주류상품 중 하나가 바로 테러였다는 것을 생각해봐도 그렇다. 진짜 공포에 대해선 사람들이 다루거나 언급하고 싶어 하지 않는다. 조너선 사프란 포어의 소설

『엄청나게 시끄럽고 믿을 수 없게 가까운』(송은주 옮김, 민음사, 2006)이 놀랍게 받아들여진 첫 번째 이유이기도 하다. 조너선 사프란 포어는 아직 그 어떤 미국인도 쉽게 입에 담으려 하지 않았던 9·11테러를 소설의 주제로 전폭적으로 받아들였다. 그것도 아홉 살 소년 오스카의 눈을 통해서 말이다.

오스카는 9·11테러로 인해 아버지를 잃고 만다. 소설은 오스카가 아버지의 죽음을 받아들이는 과정이다. 아버지의 유품, 할아버지가 남긴 기록들 사이를 미로처럼 찾아다니고 그 의미를 파악해가는 오스카의 여정은 곧 재앙이라는 특수한 사건을 일상의 한 부분으로 받아들이는 과정이다. 재앙은 일어나는 순간 사고이지만 결국 살아남은 자에겐 또 하나의 삶의 여정일 수밖에 없다. 이 당연하고도 위대한 삶의 논리는 재난의 한가운데서 드러나기 어렵다. 하지만 오스카는 그러니까 겨우 아홉 살이 겪기엔 너무 큰 재앙이었지만 그럼에도 불구하고, 커나가야만 한다. 그게 삶이기 때문이다.

재난에 대한 흥미로운 대응 방법은 앤디 위어의 소설 『마션』(박아람 옮김, RHK, 2015)에서도 발견할 수 있다. 주인공 마크 와트니는 화성 탐사 중에 사고로 인해 낙오되고 만다. 화성은 산소가 없을 뿐만 아니라 유독성 물질로 가득 찬 곳이며 시도 때도 없이 우주의 먼지 폭풍이 몰아닥치는 곳이기도 하다. 완전한 고립, 그 고립은 그 어떤 재앙보다 더 공포스럽다. 누군가 구하러 올 것이라는 확률이 거의 없는 그곳에서, 그는 생존을 선택한다. 이 생존 선택의 밑거름이 되는 것은 다름 아닌 생에 대한 긍정의 에너지, 긍정력이다. 말하자면 마크 와트니는 지구인이라면 거의 아무도 경험하지 못할 너무나도 희유하고도 극악한 재앙과 마주쳤다. 하지만 그는 포기하지 않는다.

영화와 소설을 보면, 마크 와트니는 시종일관 농담을 잃지 않는다. 농담이란 어떤 점에서 이 팍팍한 삶을 견디게끔 하는 완충제인지도 모른다. 적어도 『마션』의 그에게만큼은 농담이 힘이 되어주는 듯싶다. 긍정도 능력이다. 아무도 없는 우주, 공기도 중력도 없는 그곳에서 가장 먼저 고갈될 능력 역시 긍정일 것이다. 자신이 살아 있다는 사실조차 아무도 모르는 상황에서 화성에 낙오된 사람이 살아남을 수 있다고 믿는 것, 그것은 거의 초현실적인 초능력에 가까운 긍정 능력이다.

물론 그렇다고 마크가 긍정성만으로 살아남는 것은 아니다. 마치 나무에서 과일이 떨어지길 기다리듯, 우물에서 숭늉을 찾듯 기다리는 게 긍정의 태도가 아니라는 말이다. 긍정의 태도는 '할 수 있으니까 하는 것'이다. 영화 속에서 마크는 매일매일 화성의 지평선을 보기 위해 나간다. 이유는 단 하나다. 그저 할 수 있기 때문이다("Just because I can").

진정한 긍정은 사람을 움직이게 한다. 마크는 죽을 수도 있지만 꼭 죽으라는 법도 없다고 여긴다. 죽기 전까지는 죽지 않는다. 미리 겁내고 두려워하며 절망할 필요는 없다. 이게 바로 마크가 말하는 긍정성의 핵심이다. 죽기 전엔 살아야 하기 때문에 그는 너무나도 당연히 필요한 것의 목록을 만들고, 필요한 만큼의 칼로리를 계산하며, 그러기 위해 만들어내야 할 것들을 찾아낸다. 정말 지독한 곤경에 처했을 때는 생각을 골똘히 하는 것보다 뭔가 움직이는 게 낫다. 마크 역시 마찬가지다. 그는 하루하루 해결해야 할 문제를 찾고 또 해결해간다. 소설과 영화 속에서 이 해결의 과정은 매우 그럴듯하게 제시된다.

여기에 재앙서사의 핵심이 있다. 이야기 속에서 재앙은 사람을 죽이는 장애물로 등장한다. 하지만 점차 인간의 편에서 재앙은 그럼에도 불구하고 살아남은 사람들을 부각시킨다. 재앙 앞에서 죽음을 선택하는 것은 쉬운 일이다. 그저 재앙에 내 몸을 맡기면 되는 것이다. 하지만 그 죽음의 공포 앞에서 그것을 마주하며 견디는 것, 어쩌면 그것은 죽음보다 더 어려운 일일지도 모른다. 즉, 이야기가 재앙을 이야기한다면 그것은 죽음을 보여주기 위해서가 아니라 삶을 보여주기 위해서이다.

○

우리는 아주 오래 전부터 이미 재앙을 서사로 받아들이고 묵시록 속에서 삶의 상징들을 얻어오고 있었다. 오디세우스의 항해도, 로빈슨 크루소의 표류도 모두 다 삶에 닥친 재앙의 다른 비유였다고 말할 수 있다. 그런 점에서 『마션』이나 〈라이프 오브 파이〉 모두 표류기라고 부를 수 있다. 재앙 앞에서 죽음이 아니라 방황을 마주쳤을 때, 그것을 가리켜 우리는 표류기라고 부르니 말이다. 얀 마텔의 소설 『파이 이야기』를 원작으로 한 〈라이프 오브 파이〉는 227일간 홀로 태평

양을 표류한 뒤 마침내 멕시코만에 닿는 데 성공한 소년 파이의 표류기를 그려냈다.

파이는 북미로 향하는 배에서 폭풍우를 만나 모든 것을 잃고 만다. 아버지, 어머니, 형, 배 그리고 함께 탔던 동물들까지, 정말이지 모든 것을 잃고 구명정 하나와 약간의 비상식량 그리고 하루하루 그를 먹잇감 삼으려 노리는 호랑이 리차드 파커 외엔 남은 게 없다. 하지만 그럼에도 그는 이 재앙 앞에서 죽음이 아니라 부지런한 삶의 지속을 선택한다. 호랑이 밥이 되지 않기 위해서는 호랑이를 굶기지 않는 게 급선무다. 그래서 그는 호랑이 먹이를 구하는 지난한 일에 매달리며 삶, 죽음, 존재, 가족과 같은 진지한 문제들을 잠시 미뤄둔다.

사실 파이가 항해에 성공할 수 있었던 가장 큰 이유는 바로 여기에 있다. 리처드 파커라는 언제 자신을 덮칠지 모르는 맹수를 길들이느라 정작 치명적인 존재론적 질문을 할 틈이 없었던 것이다. 그런 그도 자신에게 남아 있는 단 하나의 구명정까지 덮치는 풍랑을 만나자 드디어 신에게 따져 묻는다. 모든 것을 다 빼앗고도, 도대체 내게 뭘 더 빼앗아 가려느냐라고 말이다. 영화감독 이안은 바로 이 장면에서 매우 아름다운 삶의 아이러니를 만들어내는 데 성공한다. 파이는 이 절체절명의 재앙 속에서 신의 그림자를 만나게 된다. 즉 고난에 처해야만 인간은 겨우 신이라는 존재와 만날 수 있다. 재앙 앞에서 우리는 우리의 근원을 돌아보고, 또 세상의 원리도 들여다보며 마침내 '신'이라는 어떤 힘에 겸손해진다.

인간이 만약, 거듭 재앙을 서사로 상상하고 그려내왔다면 그것은 아마도 죽음이 아니라 삶의 힘을 얻기 위해서 아니었을까. 죽음의 공포로 사람을 지배하기 위해서가 아니라 그 죽음을 상징으로 받아들이는 과정으로서 재앙이 다가왔던 셈이다. 그러므로 의미 없는 재앙은 적어도 이야기의 공간 안엔 없는 셈이다.

Chapter 4

인간만이 죽음을
실행한다

리플리, 내 안에 숨은
검은 그림자

처음부터 계획된 범죄는 아니었다. 그는 다만 가진 것이 많지 않은 청년이었고, 그다지 많은 행운을 누리지 못한 편에 속한 인물이었을 뿐이다. 그런 그가, 싸구려 술 한잔으로 저녁의 우울을 달래려 할 때, 한 남자가 다가온다. 한눈에 봐도, 부유해 보이는 나이 든 남자는 그에게 자신의 아들 디키 그린리프를 아느냐고 묻는다. 그는 임기응변에 강한 사람이다. 그의 삶이 그로 하여금 임기응변이 곧 살아남을 수 있는 길임을 알려주었기 때문이다. 그는 그렇다고 대답한다. 그래서 톰 리플리는 잘 알지 못하는 남자 디키 그린리프를 찾아 배에 오르게 된다.

○

퍼트리샤 하이스미스의 소설 『리플리』는 알랭 들롱이 주연한 영화 〈태양은 가득히〉의 원작으로 잘 알려져 있다. 영화 주제곡인 로망스와 함께 지중해의 태양만큼이나 이글거리던 알랭 들롱의 눈빛이, 원작의 이미지를 넘어선 무엇으로 기억되었다. 어떤 점에선, 그렇게 잘생긴 얼굴에 구릿빛 피부를 가진 톰 리플리가 굳이 디키를 질투할 필요가 없어 보이기도 했다. 아니, 고작 부모에게 물려받은 것이 많아 그 덕에 인생을 낭비하는 디키가 공공의 적으로 여겨지기까지 했다. 감사할 줄 모르고 낭비하는 탕아보다는 가진 것 없이 태어나 결핍감에 허덕이는 잘생긴 미남의 욕망이 더 깊은 공명을 불러온 것이다.

영화 〈태양은 가득히〉는 퍼트리샤 하이스미스의 소설 『리플리』를 원작으로 하고 있긴 하지만 거의 정반대 방향으로 각색한 작품이라고 말할 수 있다. 리플리의 캐릭터도 그렇지만 무엇보다 결론이 그렇다. 영화와 소설의 큰 줄거리는 같다. 가난한 청년 톰 리플리가 우연히 부탁을 받고 유럽의 디키 그린리프를 찾아간다. 성대모사와 서명모사에 탁월한 재능을 가지고 있던 톰 리플리는 디키의 목소리와 서명을 연습한 후 요트 사고를 위장해 그를 죽인다. 그리고 디키가 가진 모든 것을 빼앗는다.

여기서부터 영화와 소설이 무척 달라진다. 영화에선 톰이 가장 원하는 디키의 전리품이 바로 사랑하는 여자 마즈다. 톰은 디키를 죽이고 난 후 가장 먼저 마즈를 차지한다. 하지만 원작에서 마즈는 톰의 욕망의 대상이라기보다는 경쟁자에 가깝다. 마즈는 톰을 동성애자로 의심하며 그를 경계한다. 한편, 톰에겐 마즈가 거추장스러운 장애물이다. 톰이 디키에게 가까이 다가가 그의 환심을 얻으려 할 때, 마즈가 그것을 불편하게 여겼기 때문이다.

또 하나의 차이점은 바로 결말이다. 소설 속에서 톰 리플리는 디키를 죽이는 데 성공하고 그의 재산과 지위를 모두 차지한다. 디키를 찾는 사람들이 나타날 때마다 톰은 그들을 무리 없이 제거한다. 즉, 『리플리』 시리즈는 완전범죄에 성공한 살인마의 이야기인 셈이다. 아무도 톰이 디키를 죽였다는 사실을 밝혀내지 못하고, 디키는 자살한 것으로 처리된다. 그것을 의심하는 마즈의 말을 누구도 들어주지 않는다. 디키는 그렇게 억울하게 죽임을 당하고 세상에서 사라진다.

하지만 영화의 결말은 인과응보로 요약된다. 디키의 여자 마즈를 차지하고 어느 태양 가득한 날 망중한을 즐기던 톰 리플리 앞에 요트가 끌려 나온다. 톰이 디키의 머리를 노로 내리쳤던 바로 그 요트다. 그런데 화사한 웃음 뒤로 요트의 닻에 걸린 시신 한 구가 점점 스크린 중심으로 다가온다. 완전범죄가 성공하기 직전, 디키의 시신이 발견되는 것이다. 영화는 그 시신이 밝은 햇빛 아래 드러나기 바로 직전 끝난다. 하지만 톰 리플리가 곧 법의 심판을 받고, 그가 훔쳤던 모든 것을 되돌려줘야 한다는 것만큼은 분명해 보인다.

영화가 제작되었던 1960년대, 아마도 타인의 이름과 사회적 지위, 경제적 가치를 모두 빼앗는 데 성공한 톰 리플리는 무척이나 반사회적이며 위험한 인물로 받아들여졌을 것이다. 그 위험성을 거세하기 위해 영화는 권선징악이라는 오래된 결말을 선택했고, 역설적으로 이렇듯 응징을 당할 범죄를 꿈꾸었기에 알랭 들롱의 눈빛은 더 큰 환호를 받았다. 연민과 공감의 환호였던 셈이다. 하지만 이러한 결말의 변경은 퍼트리샤 하이스미스가 원작에서 보여주고자 했던 인간의 어두운 내면의 일부분을 아예 삭제해버리는 결과를 가져왔다. 엄밀히 말해 톰 리플리의 욕망은 톰이 사이코패스여서 갖는 정신 이상 증후라고 말하기엔 불충분하다. 어쩌면 그것은 범죄 서사라는 형식 위에 드러내버린, 인간의 잔인한 질투심의 한 예시일지도 모른다.

○

소설과 영화의 주인공 리플리에서 유래한 '리플리 증후군'은 '자신의 현실을 부정하면서 실제로는 존재하지 않는 허구의 세계를 진실이라 믿고 상습적으로 거짓된 말과 행동을 반복하게 되는 반사회적 인격장애'를 뜻한다. 좀더 풀어 설명하자면 초라한 현실보다 더 나은 자아 이미지를 설정해두고, 그것이 진짜 자기인 양 거짓말을 하는 상황을 의미한다. 우리가 허풍이라고 말하거나 과장이라고 말하는 것의 일부가 바

로 여기에 속한다. 가령 영화 속에서 재벌 딸이 아님에도 재벌 딸인 척 거짓말을 한다거나 대학생이 아니지만 대학생이라고 속이며 스스로 그렇게 믿는 인물들이 그렇다. 문제는 리플리가 되는 사람들은 결핍과 허기를 가졌다는 사실이다. 가령 다음과 같은 리플리의 말처럼 말이다.

"디키는 지금 몇 살이죠?"

"스물다섯이네."

나도 스물다섯인데, 톰은 생각했다. 디키는 아마 그곳에서 멋진 시간을 보내고 있을 것이다. 수입이 있고 집과 요트도 있는데 뭣하러 귀국하고 싶겠는가? 디키의 얼굴이 톰의 기억 속에 더 선명하게 떠올랐다. 환한 미소와 곱슬거리는 금발머리 그리고 마음 편한 낙천적인 얼굴. 디키는 과연 행운아였다. 그런데 그는 스물다섯에 어떻게 지내고 있는지 보라! 한 주 벌어서 한 주 살았고 은행 계좌도 없었다. 그리고 난생처음 경찰의 눈을 피해 다니고 있다. 그는 수학에 재능이 있었다. 그런데 도대체 왜 그 재능으로 돈을 벌지는 못하는 걸까? 온몸의 근육이 긴장했고, 손에 잡은 성냥 덮개가 눌려 거의 납작해졌다. 지겨웠다.

(『리플리』, 퍼트리샤 하이스미스 지음, 홍성영 옮김, 그책, 2012)

스물다섯 살, 지금 리플리는 경찰에게 쫓기며 한 주 벌어 겨우 한 주를 살아가고 있다. 심지어 뉴욕엔 머물 곳도 없어서 길거리와 다를 바 없이 지저분한 친구의 방에 얹혀살고 있다. 그런데 자신과 같은 나이의 디키는, 게다가 어마어마한 부잣집 아들인 디키는 자신만을 걱정하는 아버지를 뒤로하고 지중해에서 햇빛이나 쬐며 놀러다니고 있다. 리플리는 한번도 부모의 사랑을 받아본 적이 없다. 부모 대신 그를 키워 준 고모는, 그를 거의 학대하다시피 했다. 고모에게 생활비를 얻기 위해 굽신거리긴 하지만, 그는 마음속으로 고모를 죽이는 장면을 여러 번 그리곤 했다. 마지못해 하루하루 살아갔던 인생인 셈이다.

그런 그의 앞에, 디키라는 인물이 등장한다. 사실 그의 아버지가 아니었더라면 그저 부러워나 하면서 지낼 인물이었을 것이다. 하지만 아버지가 등장해 그에게 디키를 부탁한 순간 잘사는 갑부집 아들의 행운은 바로 곁에 있는, 친구의 행운이 된다. 멀리서 바라보는 행운과 부는 그저 부러움의 대상이지만 가까이 다가와 그 거리가 사라질 때, 부러움은 강렬한 질투로 바뀐다. 미국에선 아무렇지도 않았던 갈색구두와 창백한 피부가 지중해에 도착하자 무척 창피한 것이 되듯이, 부러움도 상대적인 감정이다. 가까이 다가온 부는 그에게 굴욕감을 준다.

안소니 밍겔라 감독이 새롭게 연출한 영화 〈리플리〉에서 이 감정은 더욱 강조된다. 맷 데이먼이 맡은 리플리는 디키 역의 주드 로에 비해 무언가 훨씬 더 갈망하는 눈빛을 보여준다. 암시적으로 제시되었던 동성애적 면모도 이번엔 훨씬 더 분명한 형태로 제시된다. 갖고 싶지만 가질 수 없을 때, 그 대상을 아예 부숴버리는 파괴적인 소유욕이 보태진 것이다.

분명 리플리의 행동은 범죄임에 분명하다. 하지만 어쩌면 리플리는 우리의 마음속에 자리 잡고 있는 폭력적인 질투와 무자비한 소유욕을 응축하고 있는 인물은 아닐까? TV나 스크린에서 볼 수 있는 연출된 삶에는 그 허구성에도 불구하고 부러움을 느끼지만, 나와 가까운 사람들이 누리는 행운이나 행복엔 왜 굴욕감을 느끼게 되는 걸까?

SNS에 올려진 사진들을 보면 느껴지는 허탈감이나 그런 배타적 만족감을 위해 허세처럼 부풀린 삶의 흔적들은 퍼트리샤 하이스미스가 연출했던 리플리의 살의가 단순히 특별하고도 무자비한 한 사람의 이상성만은 아니라는 것을 보여준다. 타인의 삶을 더 많이 관찰할수록, 굴욕감도 커지고 질투도 함께 커진다. 어쩌면 타인의 삶에 대한 지나친 관심은 자신의 현재에 대한 불만의 역설적 표현일지도 모른다.

어떤 점에서 리플리는 소공녀이거나 소공자이기를 바랐던, 그래서 자신의 신분은 훨씬 더 높고 훨씬 더 부유한 사람이기를 바라는, 자본주의 시대의 업둥이 서사일지도 모른다. "디키가 무엇하러 지하철과 택시로 붐비는 도시로 돌아가 빳빳하게 풀을 먹인 셔츠를 입고 9시에 출근해 5시에 퇴근하는 일자리를 구하겠는가? 기사 딸린 자동차가 있고, 플로리다나 메인 주에서 휴가를 보낼 수 있다 해도 마찬가지일 것이다. 책임질 사람도 아무도 없이 오래된 옷을 입고 요트를 타고, 그를 위해 모든 걸 돌봐주는 마음씨 좋은 도우미 아주머니가 있는 집에서 사는 것처럼 즐거운 일은 없었다. 게다가 원하면 다른 곳에 여행을 다닐 수 있는 돈도 있었다. 디키가 부럽다는 생각이 들자, 톰은 가슴이 찢어질 듯한 시기와 자기 연민이 밀려왔다." 만약 이 구절에 조금이라도 동의한다면, 톰이 디키를 죽이고 싶어 하는 마음을 아예 모른다고 말하긴 어려울 것이다.

죽음을 아는 선택

"성은 단지 개인적인 취향이나 입맛이 아니라 자아를 가장 확실히 규정하는 성질이다." 몰리 해스켈은 『숭배에서 강간까지』(이형식 옮김, 나남출판, 2008)에서 영화 속 여성이 성을 선택하는 것, 가령 섹스를 하느냐 하지 않느냐를 선택하는 것이 자아의 규정에까지 이르렀던 한 시절을 이야기하고 있다. 가령 여자는 단 둘로 나뉘었던 것이다. 하는 여자와 안 하는 여자. 그런데 간혹 어떤 이에게는 하느냐 아니냐가 아니라 이냐 아니냐의 존재론적 문제로, 성적 질문이 바뀌는 경우가 있다.

○

자신이 타고난 성이 자신의 자아 정체성과 어울리지 않는다고 여기는 이들이 있다. 그래서 목숨까지 걸고 자신의 본래성을 되찾고자 하는 사람들, 그들에게는 성적 정체성이 곧 삶의 정체성이며 삶의 근간이기 때문이다.

톰 후퍼 감독의 영화 〈대니쉬 걸〉은 인류 최초로 성전환 수술을 시도했던 한 사람에 대한 이야기다. 1926년, 덴마크에서 풍경화 화가로 명성을 떨치던 에이나르 베게너는 마찬가지로 화가인 아내 게르다와 함께 살아가고 있다. 어느 날 우연히 에이나르는 아내의 요구에 따라 여장을 하고 모델을 서게 된다. 그런데 이상하게도, 불편할 줄 알았던 스타킹, 코르셋, 시폰 소재의 드레스에서 평생 느끼지 못했던 편안함과 안락함을 느낀다. 즉 그에게 정말 맞는 옷을 찾아낸 것이다. 남성 화가로서 명성을 누리고 한 여성의 남편이었던 에이나르는 그런 발견을 애써 외면하고자 한다. 하지만 점점, 자신의 삶이 어딘가 고장 나 있으며, 그 뭔가 고장 난 상태를 고쳐야 한다고 여기게 된다. 지금이야 '커밍아웃Coming out'과 같은 용어라도 존재하지만 20세기 초 1926년 성적 정체성의 변화는 곧 세상으로부터의 이탈과 다르지 않았다.

결국 그는 아내에게 자신은 여성임을 고백하고, 더 이상 결혼생활을 유지하기 어렵다고 말한다. 문제는 여기서 만족하는 게 아니라 에이나르가 완벽한 여성이 되고자 한다는 사실이다. 그는 독일에서 처음 개발된 성전환 수술이 있다는 소식을 듣고 스스로 환자가 되기로 마음먹는다. 그렇게 죽음의 위험을 감수하고 수술을 감행한다.

이미 짐작하고 있다시피, 안타깝게도 수술은 실패하고 만다. 실패의 대가는 너무 컸다. 그가 수술 중 죽었으니 말이다. 그런데 여기서 주목을 끄는 것은, 그가 죽을 수 있는 확률이라는 게 의외가 아니라 꽤나 개연성이 높은 일이었다는 점이다. 즉 성전환 수술은 성공할 확률보다 실패할 확률이 더 높았다. 죽을 수 있다는, 아니 죽을 확률이 더 높다는 것을 알면서도 그는 왜 수술을 시도한 것일까. 에이나르는 단 하루라도 제대로 된 성으로 살아보고 싶었다고 말한다. 과연 그 열망이란 어떤 것일까. 죽음을 각오하고서라도, 단 하루만이라도 경험하고 싶은 존재의 일치감이란 무엇일까. 한 세기 가량 이 흐른 지금, 성적 일치감이나 자아 정체성으로서의 성별은 그 용어가 '젠더Gender'로 확장될 만큼 좀더 보편화되고, 개 방된 논의가 되었다. 영화 〈레이〉에 등장하는 소년-소녀 레이 의 이야기도 그렇다.

레이는 아직 미성년이다. 신체적으로는 여성이지만 그녀 는 스스로를 남자로 여기고, 또 그게 맞다고 여긴다. 그녀는 동성애자로서 여자가 여자를 좋아하는 상태가 아니라 남성 의 영혼이 여자의 몸에 깃들인 이성애자로 스스로를 규정한 다. 그래서 어서 빨리 호르몬 치료를 받아 여자를 버리고 남 자가 되기를 원한다. 그리고 이 요구를 부모에게 전달한다. 선 택이 아닌 운명으로 수정된 딸아이를 자신의 서명으로 남자 아이로 바꾸게 된 엄마는 처음엔 도와주리라 선언하지만 점 차 약속을 지키기 어려워한다. 과연 그래도 되는 것일까, 옳 은 것일까 스스로에게 질문을 던질 수밖에 없기 때문이다.

하지만 레이는 그런 문제가 아니라고 못 박는다. 후회를 한다면, 하루라도 늦게 호르몬 치료를 시작하는 것뿐이라고. 사실 딸아이 레이가 말하는 존재의 불일치감은 엄마로서는 완전히 이해하거나 공감하기 어렵다. 그런데 생각해보면, 부모가 자식을 낳았다고 해서 자식의 고통이나 불만을 완전히 알 수는 없다. 이미 자식은 남이고 타자이기 때문이다. 넓게 돌이켜보자면, 아이가 성별을 선택하려 한다는 것 그리고 자신의 성에 대해 불편을 호소하는 것 그 자체를 받아들여야 한다. 물론 쉽지 않다.

○

에이나르와 레이는 자신의 성을 선택했고, 그 선택으로 인해 장애를 만난다. 에이나르의 선택은 그런 점에서 고전적 비극의 선택과 닮아 있다. 숭고한 선택이 비운의 결말을 맞는다는 점에서 그렇다. 하지만 때로 자신이 선택하지 않는 죽음이 마치 형벌처럼 내려질 때도 있다. 1963년, 보수적인 미국 중서부 황야 한가운데 살아가는 잭 트위스트와 에니스 델마처럼 말이다.

잭과 에니스는 성적 정체성 같은 말은 아예 모르고 살아가는 시골 카우보이들이다. 그들은 그저 작은 목장이나 하나 갖고, 풍만한 아내를 만나 소나 말처럼 아이들이나 쑥쑥

낳는 게 꿈이라고 여기며 살고 있다. 다른 성, 다른 사랑 같은 건 생각해본 적도 그렇다고 자극을 받아본 적도 없다. 그런데 그런 두 사람이, 산림청 방목지 안에 마련된 뚝 떨어진 야영지에서 추위에 몸을 떨다 서로를 안게 된다.

"이런 젠장, 이빨로 망치질 그만하고 이리 와, 침낭이 크다구." 잠을 뺏긴 잭이 짜증 섞인 목소리로 말했다. 침낭은 충분히 크고 충분히 따뜻했으나 두 사람은 이내 더 가까이 몸을 붙였다. 에니스는 담장 수리라든가 돈 쓸 곳이라든가 무엇에든 생각을 다 쏟으려 했지만, 잭이 그의 왼손을 잡아 발기한 자기 성기에 갖다대자 그 무엇도 생각할 수 없었다. 에니스는 불에 덴 듯 손을 확 돌렸다. 무릎을 꿇었다. 벨트를 풀었다. 바지를 끌어내렸다. 잭을 엎드리게 했다. 그리고 이미 나온 투명한 윤활액과 약간의 침의 도움으로 잭에게 삽입했다. 전에 한 번도 해본 적 없었으나 설명서 같은 것은 필요치 않았다"

(「브로크백 마운틴」, 애니 프루 지음, 조동섭 옮김, Media

230

2.0, 2006).

그들도 사실은 그 감정, 그 욕망, 그 행동이 무엇이며 무엇을 의미하는지 전혀 모른다. 그들은 거듭 사랑을 나누면서도 "난 호모 아냐." "나도 그래, 이번 뿐이야."라고 말한다. 그들은 사람들이 그토록 비난하고, 손가락질하는 남색가나 비역쟁이가 아니다. 아니, 자신의 사랑과 몸은 아니라고 말하지만 그들은 그렇다고 말할 용기도, 자신도 없다. 누군가 사람들이 본다면, 어쩌면 그들은 어느 날 지나가던 길가에 놓인 고장 난 자동차 수리를 돕다가, 바퀴를 갈아 끼우는 랜치에 얻어맞아 두개골이 깨져 죽을지도 모른다. 누구도 호모를 처벌하거나 죽이지 않는다. 다만 호모라고 소문난 사람들은 그렇게 우연치 않은 우발적 사고로 죽어갈 뿐이다. 비참하게, 끔찍하게.

1963년의 미국 남서부, 그곳은 그저 가축이라면, 아니 생물이라면 생식력으로 삶의 연속성을 확인시켜야만 옳은 세상이다. 그래서 잭과 에니스는 서로를 잊고 "내장을 손으로 한 번에 1m씩 끄집어내는 듯한 아픔을" 느끼면서도 잊고 지내려 한다. 결혼을 하고 아이를 낳는다. 그러나 사람의 일이라는 게 그처럼 의지적으로 되는 것일까. 잭이 에니스를 그리워하고 에니스가 잭을 만나고 싶어 하는 건, 선택이 아니라 운명적인 것이며 필연적인 것은 아니었을까.

이내 두 사람은 4년에 한 번 꼴로 만나다 여름마다 만나게 된다. 하지만 세상은 그렇게 호락호락하지 않다. 어느 날 결국, "무엇 때문인지 타이어를 림에 고정시키는 부분에 이상이 생겨 타이어가 터졌는데 그때 림이 얼굴을 강타하면서 코와 턱이 으스러지고 쓰러져 의식을 잃었다나 봐요. 누군가 발견했을 때는 이미 자기 피에 질식해 죽은 뒤였죠."라는 소식이 들려온다. 누군가 잭을 타이러 레버로 죽인 것이다. 그는 죽었다. 살인이지만 가해자는 없다. 잭과 에니스를 혐오스러워했던 사람들 중 적극적인 사람이 직접적 사인이야 제공했겠지만 사실 잭을 죽인 것은 사회라고 할 수 있다. 과연 잭을 죽일 수 있고, 또 그것을 사회적 관습이라는 이름으로 덮을 수 있는 권한은 누가 준 것이고 또 어디서 비롯된 것일까. 과연 그 죽음은 사회적 응징일까 아니면 인간의 오만한 월권일까.

○

영화 〈밀크〉에서 이 죽음의 의미는 좀더 선명해진다. 동성 애자로서는 처음으로 샌프란시스코 시의원으로 활동했던 하비 밀크. 그는 평범한 증권맨으로 숨어살던 삶과 결별하고, 소수자로서 동성애자의 인권을 주장하고 호소하고 쟁취하고자 한다. 1970년 잭이 타이어 레버로 죽임을 당한 시절이기도 하다. 샌프란시스코였다고 해도, 세상의 시선은 곱지 않다. 게이도 인정하기 싫은데 게이 인권운동이라니. 물론 동의하는 사람들도 있었지만 말 그대로 소수에 불과했다.

하비 밀크는 총으로 저격당해 살해당한다. 엄밀히 말하자면, 그는 그가 그렇게 죽을 수 있다는 것을 알고 있었다. 동성애에 대한 편견은 폭력을 동반하곤 했기 때문이다. 암묵적 합의로 허락된 편견은 곧잘 폭력과 붙는다. 하지만 하비 밀크는 에이나르처럼 위험을 알고도 시도한다. 그게 옳은 것이고, 곧 그것이 자신다운 것이기 때문이다. 하루라도 자기 정체성 그대로 살고 싶은 삶, 밀크 역시 그것을 원했기에 삶을 기회비용으로 죽음 앞에 선다.

여전히 동성애 혹은 성적 정체성의 문제는 편견의 폭력 앞에서 자유롭지 못하다. 하지만 하나만은 기억해야 할 듯싶다. 누군가에게는 그저 불편하고 찝찝한 일이 누군가에게는 전 생애를 건, 자기 정체성의 중심이며 의미 그 자체다.

죽음과 권리

김영하의 소설 『나는 나를 파괴할 권리가 있다』(문학동네, 2000)는 자살 문제를 다루고 있다. 사실 자살을 다루는 소설이나 영화는 무척 많다. 문제는 '권리'라는 말이다. 과연 사람에게는 사람의 목숨을 좌우할 만한 권한이 있는 것일까. 『나는 나를 파괴할 권리가 있다』는 내가 나의 목숨을 관장할 권리에 대해 말한다. 내 목숨이니까, 목숨의 소유가 나에게 귀속되어 있는 것으로 보아 스스로 목숨을 끊을 수 있다고 말

235

하는 것이다.

　김영하는 이 전제를 설득하기 위해 죽음에 대한 매혹적인 오브제들을 인용한다. 들라크루아의 〈사르다나팔의 죽음〉이나 다비드, 클림트의 그림들은 죽음에 대한 공포를 넘어선 여러 감정들을 보여준다. 〈사르다나팔의 죽음〉이 죽음마저 지배하는 그림으로써 자신의 패배와 굴욕마저 주어진 불행이 아니라 자초하는 파괴로 즐기는 권력자의 만족을 보여준다면 다비드의 〈마라의 죽음〉 속 죽음은 삶의 아수라장에서 맛볼 수 없었던 완전한 휴식을 제공한다. 클림트의 그림들은 죽음 너머로 가는 그 경계에서만 경험할 수 있는 관능의 지표들을 죽음과 삶의 경계선에 놓아둔다.

　"멀리 왔는데도 아무것도 변한 게 없지 않느냐고. 또는 휴식을 원하지 않느냐고. 그때 내 손을 잡고 따라오라. 그럴 자신이 없는 자들은 절대 뒤돌아보지 말 일이다. 고통스럽고 무료하더라도 그대들 갈 길을 가라."

　이를테면, 『나는 나를 파괴할 권리가 있다』에 열거된 죽음의 양식들은 죽음 자체에서 미학과 관능을 찾았던 낭만적이며 퇴폐적인 욕망이 있다. 이는 지금, 여기의 삶에 만족을 느끼지 못하는 허무주의와 연관되어 있다. 지금의 삶이 지독한 악몽이라면, 아무리 멀리 가도 달라질 것이 없다면 그래서 살아 있는 것조차 체감할 수 없는 상태라면 차라리 죽음을 통해 강렬한 생의 감각을 되찾겠다는 역설적 생의 열망으로 읽히는 것이다.

이는 한편, 수용소와 같은 절박한 상황에서는 아예 죽음에 대한 갈망조차 사라진다는 사실을 떠올리게 한다. 『가라앉은 자와 구조된 자』(이소영 옮김, 돌베개, 2014)를 쓴 프리모 레비는 아우슈비츠에 수감되었던 기억을 토대로 이 책을 써냈다. 여러 권의 아우슈비츠 이야기를 써냈지만, 『가라앉은 자와 구조된 자』는 훨씬 더 고백적이었으며 사실적이었다.

그 가운데, 프리모 레비는 자살이라는 단어조차 떠오르지 않았음을 말한다. 자살이라는 말은 그래도 적어도 최소한 스스로를 인간으로 여길 만한 상황이 제공되어야만 떠올릴 수 있는 단어라는 의미였다. 프리모 레비는 이 수기를 쓰고 나서 자살한다. 적어도 자살할 수 있는 인간의 권한은 찾았다고 여겼을 때, 끔찍하고 지겹고 두려웠던 생과 작별한 것이다. 그렇다면, 어쩌면 자살이란 스스로를 동물이 아닌 인간으로 느끼는 자에게 허락된 권리일지도 모르겠다.

○

그렇다면, 과연 내가 나의 목숨을 빼앗는 게 아닌 합법적 살인은 어떨까. 가령, 사형제도 같은 것. 과연 국가는 법의 이름으로 한 사람의 목숨을 빼앗을 수 있을까? 현재까지 우리 법 안에서는 빼앗을 수 있다고 규정되어 있다. 비록 20년이 넘게 사형이 실제로 집행되지는 않았지만 사형 언도가 끝나지는 않은 것처럼 말이다. 사형수는 있지만 사형으로 세상을 떠난 사람은 없는 상황이다.

공지영의 소설 『우리들의 행복한 시간』(푸른숲, 2005)은 여러모로 아쉬운 작품이다. 지나치게 대조적으로 선택된 두 인물이 작위적이고, 그 인물들의 내면을 서사화한 내용들은 지나치게 감정적이며 멜로드라마적이었다. 하지만, 그럼에도 불구하고, 이 소설에 대해 어떤 가치 하나를 부여할 수밖에 없다면 그것은 바로 사형수의 문제를 본격적으로 다룬 최초의 한국 소설이며 무엇보다 삶의 권리와 죽음의 권리라는 근본적 문제 그 자체를 질문하고 있기 때문이다.

소설에는 두 인물이 등장한다. 한 사람은 아무 부족함 없이 자라난, 부유한 집안의 대학 강사 유정이다. 다른 한 사람은 최소한의 것도 갖지 못한 채 자라난 듯한, 가난한 고아 출신 윤수이다. 그런데 흥미로운 것은 유정은 계속 자살을 시도하고 윤수는 사형을 언도 받은 상황에서 어떻게 해서든 살아남고 싶어 한다는 것이다. 삶을 허락받은 쪽은 삶을 버리고자 하고, 삶을 압류당한 쪽은 살아남고 싶어 한다는 역설 위에 이 소설은 출발한다.

물론 두 사람 모두 상처를 가지고 있다. 유정은 부유하지만 위선적이며 억압적인 가정환경에서 자라나며 몸과 마음에 상처를 입는다. 무엇보다 사촌 오빠와의 사건이 폭력적이다. 고교생이었던 유정에게 성폭행을 가했지만 유정의 어머니는 잘잘못을 가리는 게 아니라 사실 자체를 숨기느라 급급한다. 자신이 피해자임에도 마치 잘못을 저지른 사람처럼 취급되자, 유정은 스스로 삶의 가치를 부정한다. 그래서 그녀는 만성적으로 자살을 시도한다.

반대로 윤수는 하나도 제대로 된 행운을 누린 바 없다. 어머니는 일찍이 두 아이를 버렸고, 도심을 노숙으로 떠돌던 형제는 거리에서 헤어지고 만다. 동생이 어느 날 싸늘한 주검이 되고 말았기 때문이다. 세월이 지나 그나마 마음을 붙일 수 있었던 아내가 임신 후 병을 앓게 된다. 윤수의 삶에는 도무지 행운이라는 단어를 찾기가 어렵다. 마치 낮은 포복으로 잠복 중이던 불행이 때때로 고개를 내미는 듯하다.

결국 소설은 유정이 엄마를 용서하는 과정으로 흘러간다. 윤수는 사형에서 벗어나지 못한다. 사형으로 세상을 떠나며 윤수는 그래도 당신을 만날 수 있어서 행복했다고 말한다. 유정은 윤수를 통해 빛나는 햇살을 맞을 수 있는 아침의 고마움을 깨닫는다. 사형에 대한 진지한 성찰이라기보다는 두 사람의 운명적 대조를 통해 삶과 죽음, 부와 가난이라는 문제들을 살펴보는 작품이 바로『우리들의 행복한 시간』이다.

그럼에도 불구하고 이야기를 읽어가며 우리는 윤수라는 사람의 삶을 태어남부터 죽음까지 알게 됨과 동시에 그 죽음의 무게감을 함께 느끼게 된다. 서사와 이야기를 가진 사람의 죽음은 더 이상 사형수 A의 죽음으로 일반화될 수 없다. 이는 다른 말로 아무리 파렴치한 범죄자일지라도 각각의 스토리를 들어보게 되면 죽어 마땅한 인물이라고 판단을 내리기 쉽지 않다는 의미이기도 하다. 즉, 법이라는 감정도 이야기도 없는 딱딱한 형식만으로 개인의 목숨을 결정하기에는, 그런 권리가 과연 정당한 것이냐는 의문이 들 수밖에 없다는 의미다.

안락한 죽음이란
가능한 것일까

인간만의 죽음을 실행한다

"난 여기서 끝내야만 해요. 더는 휠체어도 싫고, 폐렴도 싫고, 타는 듯한 팔다리도 싫습니다. 통증이나 피로감도, 아침마다 빨리 죽었으면 좋겠다고 바라며 잠을 깨는 것도 이젠 싫어요. 우리가 돌아가면, 난 스위스로 갈 겁니다. 그리고 날 사랑한다면, 클라크, 당신 말처럼 날 정말 사랑한다면, 나와 함께 가준다면 나로서는 그보다 더 행복한 일이 없을 거예요." 조조 모예스의 소설 『미 비포 유』(김선형 옮김, 살림, 2013)

243

속 문장들이다. 한 남자가 애원을 한다. 더 이상 살고 싶지 않다고. 한 여자가 다시 설득을 하려고 한다. 당신은 너무나 아름답고, 게다가 지금 이곳에 이렇게 살아 있는데 왜 세상을 떠나려 하느냐고 말이다. 하지만, 그는 더 이상 살고 싶지 않다고 말한다. "나는 지금보다 절대 더 나아지지 못해요. 오히려 악화될 가능성이 훨씬 더 높죠. (중략) 내 삶은, 지금도 이렇게 축소되었는데, 더 작아질 거예요. 의사들이 그 정도 얘기는 해줬어요. 벌써 나를 야금야금 갉아먹기 시작한 병들이 수도 없이 많아요. 다 느껴져요. 이젠 더는 통증을 느끼고 싶지도 않고, 이 물건에 묶여 있는 것도 싫고, 남한테 의존하는 것도, 두려워하기도 싫습니다."

○

이 남자 윌리엄 트레이너는 2년 전 교통사고를 당해 척수골절을 입었다. 거의 쇄골 이하부터 한쪽 손 외에는 제대로 쓸 수 있는 몸이 없다. 처음 그녀 루이자 클라크는 윌리엄의 간호를 위해 고용되었다고 믿는다. 하지만 사실 그녀는 윌리엄의 자살을 감시하기 위해 고용된 파수꾼이었다. 겨우 휠

체어 버튼을 움직일 수 있는 윌리엄이지만 제대로 박히지 않은 못 하나를 발견해서 거기에 자신의 다른 팔목을 헤집어놓았기 때문이다. 이십 분 정도만 늦게 발견했어도 아마도 그는 세상을 떠나고 말았을 것이다. 그에게 죽음은 단순한 충동이 아니라 어떤 의지의 발현인 셈이다.

세계적인 베스트셀러가 된 조조 모예스의 소설 『미 비포 유』는 로맨스소설의 외양에 안락사 문제를 담고 있다. 그런데 여기서 안락사는 단순한 사랑의 장애물 정도가 아니다. 성을 가지고 있을 만큼 부유한 윌 트레이너, 그는 런던의 아파트에서 출근을 위해 길을 나섰다가 오토바이에 치어 이전의 삶을 잃고 만다. 부유한 데다 훌륭한 부모님을 둔 윌리엄은 비록 불편한 몸이기는 하지만 어쩐지 최적화된 삶을 살아가는 듯하다. 적어도 그에게 고용된 가난한 처녀 가장 루이자에겐 부족할 게 없어 보인다. 온 가족이 실직해서 그녀가 벌지 않는다면 당장 생계가 다급해지는 루이자에게 물질적으로 풍요로운 윌의 결핍이 상대적으로 대단해 보이지 않는 것이다.

윌리엄을 간호하면서 점점 더 그와 가까워진 루이자는 이제 그의 결심에 대해 덜컥 겁을 먹게 된다. 그저 부유한 사지마비 환자가 세상을 떠나기로 마음먹은 것이 아니라 좋아하는 것이 있고, 싫어하는 것이 있는 한 사람이 곧 세상을 떠나리라고 예고한 것에 다름없기 때문이다. 적어도 남아 있는 사람의 입장에서 그리고 생명을 일종의 운명이라 믿는 사람의 입장에서는 윌리엄의 선택이 교만처럼 여겨진다. 눈만 깜박일 수 있다고 해도, 살아 있는 건 살아 있는 게 아닐까.

어떤 점에서 자살이야말로 가장 금기시되는 인간의 선택 중 하나였을지도 모른다. 스스로 목숨을 빼앗는 것, 그것이야말로 하느님이 준 신성한 것의 거부이자 훼손일 테니 말이다. 하지만 윌리엄의 말을 들어보자면 삶이라는 것, 그것에는 삶다운 것이라는 어떤 지향점이 있음이 분명해 보인다. 적어도 사지마비 환자인 윌리엄은 매일매일의 삶을 고통과 싸울 의지나 자신이 없어 보인다. 그리고 그의 고통에 대해 무조건 생명을 존중하며 참으라고 말할 수 있는 사람은 또 누가 있을까. 고통은 단수인데 말이다.

○

고통이야말로 혼자만의 체험이다. 병원에 가면 고통을 1에서부터 10까지 숫자로 표현해보라는 요구를 받을 때가 있다. 이런 요구가 필요한 이유도, 고통은 객관적 지표나 수치로 전달되지 않기 때문이다. 누군가에게는 3만큼 아픈 것이 다른 누군가에게는 7만큼 아픈 게 될 수 있다. 윌리엄의 고통 역시 사지마비를 경험해보지 않은 사람이라면 쉽게 견딜 수 있다, 없다 말하기 힘들다.

우리는 영화와 소설에서 몇몇 사지마비 환자들을 만난 적이 있다. 〈밀리언 달러 베이비〉에 등장하는 인물들이 대표적인 예가 될 것이다. '모쿠슈라'('나의 사랑, 나의 혈육'이라는 뜻)라고 불리는 복서 매기는 프랭키의 만류에도 불구하고, 복싱을 시작한다. 왕년의 복서 프랭키는 복싱을 배우러 온 매기를 여러 번 말린다. 이미 나이도 많은 데다, 복싱이 워낙 위험한 스포츠이기 때문이다. 하지만 매기의 열정을 말릴 수가 없다. 결국 프랭키는 그녀에게 복싱을 가르치고, 그녀의 실력은 쑥쑥 커나간다. 마침내 프랭키는 그녀를 '모쿠슈라'라고 부르며 애정을 표현한다.

사실 두 사람은 모두 가족으로부터 사랑과 존경을 받지 못한다. 프랭키는 꼬박꼬박 딸에게 편지를 쓰지만 읽지도 않

인간만이 죽음을 선택한다

247

은 채 반송되어 오기 일쑤다. 매기에게는 가족이 있긴 하지만 그녀가 버는 돈에나 관심이 있는, 부담스러운 가족일 뿐이다. 매기와 프랭키는 스승과 제자, 코치와 선수의 입장을 넘어서서 인생의 고락을 같이하는 동료이자 가족이 되어 준다. 서로에게 믿을 만한 의지처가 되어주는 것이다.

그런데, 그만 사고가 생기고 만다. 승승장구하던 매기 앞에 비열하고 공격적인 도전자가 나타나고 그녀가 너무도 치명적인 반칙을 저지르고 만 것이다. 매기는 그만 의자에 목을 부딪쳐 사지마비가 되고 만다. 그녀는 자신의 의지대로 몸의 어떤 곳도 제대로 쓸 수 없게 된 것이다. 매기의 사고는 프랭키에게도 참을 수 없는 비극으로 다가온다. 그녀는 거의 유일하게 남아 있는 능력, 즉 사고력을 총 동원해서 프랭키에게 안락사를 부탁한다.

사지마비라는 게 단순히 몸을 움직이지 못하는 것이 아니다. 욕창이 생기고 감염에 시달린다. 매기도 여기서 자유롭지 못하다. 그녀의 다리는 감염으로 인해 결국 잘라내야만 했다. 이런 상태에서, 매기가 자신의 의지를 총동원해서 프랭키에게 부탁한다. 친구로서, 제자로서 그리고 함께 링에서 호흡했던 동료로서 제발 목숨을 거둬, 이 고통에서 벗어나게 해달라고.

지금도 잊혀지지 않는 것은 프랭키가 매기를 위해 두 개의 주사약을 준비했다는 점이다. 프랭키는 마음먹은 이상 충분히 약을 투여해, 매기의 죽음이 실패로 끝나지 않기를 바랐던 것이다. 비록 결심은 어려웠지만 그는 매기가 호소하는 고통을 전폭적으로 받아들여 그 고통을 끝내준다. "신부님, 물론, 그건 죄가 되겠지요. 하지만 그녀를 살려두는 게 저에게는 그녀를 죽이는 겁니다. 무슨 말인지 아시겠나요? 어떻게 이걸 피할 수 있죠?" "피하는 게 아니에요. 그냥 옆으로 비켜나세요. 주님에게 그녀를 맡기세요." "그녀는 지금 주님에게 도움을 요청한 게 아니에요. 제게 도와달라고 말하고 있다고요."

그 어떤 성직자가 그녀가 죽도록 도와주라고 말할까. 아마도 그렇게 말하는 성직자는 이 세상엔 없을 것이다. 적어도 그건 죽음을 선택한 그녀가 지옥에 가는 일이기도 하지만 그녀를 죽음으로 안내한 그에게도 해당되는 형벌일 테니 말이다. 신부는 프랭키에게 말한다. "그건 주님과 천국, 지옥을 모두 다 버리는 것입니다. 만일 그렇게 한다면 당신은 깊숙한 곳에 떨어져 결코 당신 스스로를 찾지 못할 것입니다"라고 말이다. 어쩌면 프랭키는, 매기에게 주사를 놓는 순간, 매기를 이 세상에서 놓아주며 자신의 영혼을 죽인 것일지도 모른다. 그 토록 사랑하던 사람의 소망을 들어주면서, 그 사람의 육신을 세상으로부터 떠나게 하면서 과연 그녀를 사랑했던 그가 어 떻게 살아갈 수 있을까. 매기가 프랭키 덕분에 고통에서 놓여 났다면 과연 프랭키의 고통은 또 누구와 나눌 수 있을까.

『미 비포 유』의 루이자는 윌리엄과 눈물의 이별을 하고 난 후 자신의 잠재력을 발휘해서 새로운 삶을 찾아 나선다. 결국 삶은 살아남은 자의 몫이다. 그 이후의 삶을 다룬『미 애프터 유』라는 시퀄Sequel이 가능한 이유도 여기에 있을 것 이다. 그녀는 살아남았고, 살아 있으니. 이야기는 살아 있기 에 계속된다. 다시 한 번 〈밀리언 달러 베이비〉로 돌아와, 모 쿠슈라 그러니까 내 피만큼 사랑하는 사람의 부탁이라면 과 연 그를 죽음의 길로 안내해야만 하는 것일까. 그리고 그러기 위해서는 얼마만큼의 고통을 감수해야 하는 것일까. 여전히 죽음이란 인간의 가냘픈 영혼으로는 결정하기 어려운 문제임 에 분명하다.

페미니즘 그리고
여자의 희생

최근 페미니즘 열풍이 거세다. 미러링이라고 부르는, 그러니까 남자들이 아무렇지 않게 하던 행동들을 여자들이 따라 하면서 논쟁이 더 커졌다. 남자들이 중심이 되는 일부 온라인 사이트에서 장난이라는 듯 농담이라는 듯 유통되던 단어들을 여자들이 쓰기 시작하자, 비난과 불평이 이어졌다. 새삼스럽게 우리가 얼마나 여성혐오적인 언어에 익숙해져서 살아왔는지를 깨닫게 되는 순간이기도 하다. 남성으로 성만 바뀌었지만 도무지 문명인이라고 할 수 없는 개념들이 넘쳐난다. 문제는 이미 그런 오염된 단어들을 우리는 아주 오랫동안 사용해왔다는 사실이다. 다만 여성일 땐 너무 오래된 나머지 문제라고 인식조차 못했던 것이다. 수많은 언어권의 욕들이 여자나 어머니를 비하했다는 걸, 왜 그렇게 인식하지 못하고 살았던 것일까.

안타깝게도 페미니즘은 여성의 희생 위에서 성장해왔다. 희생을 치르면서 여성들은 하나둘씩 인간으로서의 권리와 의미를 챙겨올 수 있었던 것이다. 어떤 여성들의 희생을 통해 다른 여성들이 새로운 다짐을 하게 된다. 지하 창고에서 목매달린 채 죽어 있던 여자들을 보지 못했다면 아마도 소녀는 푸른 수염의 부유한 아내로 살아가는 데 만족했을 지도 모른다. 이미 죽은 아내들이 소녀의 출구를 열어주었던 셈이다.

○

『푸른 수염』은 프랑스의 동화 작가 샤를 페로가 쓴 창작 동화다. 샤를 페로는 아이들을 위한 동화들을 쓰고 각색한 작가로 유명하다. 17세기 초부터 아이들에게 동화를 들려주

는 게 서서히 유행하기 시작한다. 사실 그 이전엔 '아동'이라
는 개념도 없었고, 아이들에게 딸로 들려주는 이야기라는 것
도 당연히 없었다. 그런데 서서히 교육의 대상으로서 아동이
재해석되면서 주로 여성들을 통해 이야기가 전달되기 시작했
다. 무슨 부인, 무슨 마담과 같은 별명을 가진 부드럽고도 넉
넉한 여성들이 아이들에게 전래된 이야기들을 들려준다. 말
하자면 민담이나 전래된 이야기들이 부인들을 통해 들려지
기 시작한 것이다.

안타깝게도 그 수많은 부인들은 동화 작가로 기록되지 못
한다. 여기서도 페미니즘적 안타까움을 느낄 수 있는데, 거의
최초의 동화 작가로 기록된 사람이 바로 샤를 페로이기 때문
이다. 눈길을 끄는 것은 그 내용이다. 샤를 페로는 전래되던
이야기와 민담을 상당 부분 수정한다. 이런 식이다. 원래 민담
『신데렐라』는 아버지와 재혼한 여자가 빼앗았던 자기 몫의
유산을 되찾는 당당한 여주인공의 이야기였다. 사람들의 입
에서 입으로 전달되던 『신데렐라』 이야기에는 왕자와의 결혼
을 통해 그동안의 수난을 보상받는 결론이 없다. 그녀는 자신
의 권리를 되찾을 뿐이다.

이 당당하고도 독립적인 여성을 결혼이라는 보상에 만족하는, 순진하고도 고분고분한 아가씨로 바꾼 사람이 바로 샤를 페로다. 샤를 페로는 동화를 읽힐 아이들에 대한 일종의 교육적 목표를 염두에 두고 이야기를 바꿨다. 이 교육의 목표에는, 여자아이는 여자답게, 남자아이는 남자답게라는 성적 차별이 개입되어 있다. 우리가 동화라고 알고 있는, 성적 보편성에는 위배되는 차별적 이데올로기의 시작이 거의 여기에 있다고 봐도 무방하다.

이러한 성격은 샤를 페로가 골라놓은 이야기들을 보면 짐작할 수 있다. 빨간 구두를 신고, 욕망이 시키는 대로 마음껏 춤을 추다가 발목이 잘리는 『빨간 구두』 이야기는 당연히 여자아이들에게 무의식적 공포를 심어주기 위해서 각색된 이야기이다. 반대로 남자아이들을 위한 이야기는 주로 지혜와 꾀를 활용한다면 충분이 위기를 극복할 수 있다는 줄거리를 가졌다. 『장화 신은 고양이』나 『잭과 콩나무』처럼, 남자아이를 주인공으로 한 이야기는 대개 지혜의 활용과 극복을 다룬다.

여자아이에게 겁을 주고 성적인 금기를 심어주며 따라서 고분고분하고 얌전한 여성성을 함양하기 위한 동화의 정점은 바로 샤를 페로가 직접 창작한 『푸른 수염』이다. 푸른 수염은 여러 차례 결혼했지만 그때마다 아내가 실종되고 만다. 어느 날 푸른 수염은 안느에게 청혼을 하게 되고, 그녀와 결혼한다.

결혼한 후 푸른 수염의 커다란 성에 살게 된 안느는 남편에게 몇 가지 주의를 받게 된다. 푸른 수염은 안느에게 열쇠를 주며, 단 하나의 방만큼은 열어선 안 된다고 경고한다. 어느 날 푸른 수염은 집을 비우게 되고 안느는 그만 호기심에 굴복하고 만다. 열지 말라고 했던 방문을 열고 만 것이다. 그 방 안에는 이전에 푸른 수염과 결혼했던 아내들의 사체가 걸려 있었다. 심각한 것은 안느가 들고 있던 열쇠에 아내들 중 한 명의 피가 떨어졌고, 그게 열쇠에서 지워지지 않았다는 사실이다.

이내 남편이 돌아오고, 남편은 피가 묻은 열쇠를 발견한다. 자신에게 한 약속을 지키지 않았다며, 그러니까 이전의 아내와 다를 바 없다며, 푸른 수염은 안느를 죽이려 따라온다. 안느는 오빠들의 도움을 받아 위험으로부터 벗어나고 결국 남편의 유산까지 상속받게 된다. 『푸른 수염』의 아이러니 중 하나는 굳이 아내의 손에 열쇠를 쥐어주고는 열어선 안 된다며 금지한다는 사실에 있다. 이는 욕망의 속성과 닮아 있다. 욕망이란 허용되어 있으나 한편 금지되어 있기도 하다. 특히 여성들, 처녀들에겐 더욱 그렇다. 처녀성의 신화는 열쇠 위에 남겨져 지워지지 않는 핏자국과 같은 히스테리를 제공한다. 처녀든 유부녀든 누구나 욕망을 가지고 있지만 남자든 여자든 마찬가지이지만, 여자는 함부로 욕망해서는 안 되는 것이다.

안느는 남편의 말을 듣지 않는, 방종한 여성이라 방문을 여는 게 아니다. 누구나 열쇠를 손에 쥐면 열어보고 싶기 마련이다. 생각해볼 문제는 바로 이 점이다. 만일 안느가 문을 열었을 때, 희생된 전처들이 없었다면 아니 잘 숨겨져 보이지 않았다면, 안느는 푸른 수염의 무서움을 알아차렸을까. 안느가 푸른 수염의 공포로부터 벗어날 수 있었던 것은 전처들의 희생이 있었기 때문이다. 그녀들의 희생이 없었다면 언젠가 안느도 그녀와 똑같은 상황에 처했을지도 모를 일이다.

○

우리는 『제인 에어』를 소녀적 망상과 낭만적 멜로드라마

서사로 알고 있다. 숙모의 집 붉은 방과 기숙학교에서의 괴롭힘을 거쳐 손필드 저택의 음험한 바람을 이겨내, 제인은 로체스터의 두번 째 아내가 되는 데 성공한다. 사실 제인은 19세기 빅토리아 시대 영국의 을 중의 을이다. 그녀는 고아로 태어났고, 대단한 유산을 상속받지도 못했다. 친척들에게 귀찮은 짐보따리에 불과하다. 아니나 다를까. 숙모와 사촌들은 그녀를 괴롭히기 일쑤다. 숙모가 제인에게 행한 체벌은 아주 복잡하게 설계된 아동학대라고 할 수 있다. 붉은 방에 가둬두는 것은, 손찌검이라는 수고를 덜면서 아주 오래 남을 공포까지 심어줄 수 있으니 말이다.

수녀원에 가까운 기숙학교도 다를 바 없다. 지나친 규율은 거의 히스테릭한 체벌을 위한 알리바이에 가깝다. 잘못해서 체벌하는 게 아니라 체벌의 빌미를 마련하기 위해 촘촘한 장애물을 만들어놓은 것처럼 보인다. 이런 10대 시절을 겪은 제인에게 오히려 음습한 손필드 저택은 안락한 자기 공간처럼 받아들여졌을 법하다. 적어도 그곳엔 이상한 체벌이 없고, 적으나마 월급의 보상이 정직하게 주어지니 말이다.

흥미로운 것은 그곳에도 「푸른 수염」의 방처럼 단 하나,

금지된 장소가 있다는 점이다. 밤마다 출몰하는 그것은 집에 불을 지르기도 하고, 짐승처럼 네발로 기며 소리를 지르는 무엇이다. 과연 무엇일까. 로체스터가 숨기고 싶어 하는 그것은? 그것은 바로 로체스터의 아내 버사 메이슨이다. 살아 있는 전처, 버사는 말하자면, 제인에게 있어 너무 강력한 장애물이다. 사랑이 이뤄지기 위해서, 로체스터와 법이 허용하는 관계가 되기 위해선 우선 로체스터의 아내의 자리가 비어야 하고, 그래야만 제인 에어가 아내가 될 수 있는 것이다.

소설 『제인 에어』에 마법적이며 멜로적인 장치가 있다면 로체스터와 제인 에어가 결합해 부부가 되는 바로 그 순간이 아니다. 그것은 바로 제인 에어에게 몰랐던 거액의 유산을 가진 백부가 있었다는 점이며, 그 유산을 받아 부유해진 바로 그 순간 버사 메이슨이 집에 불을 질러 자기 스스로 죽고 만다는 점이다. 필요한 그 순간에 로체스터의 아내는 고인이 되고 만다. 비록 로체스터의 몸에 흉터가 남고 장애를 입었지만, 적어도 제인에게 장애가 되는 것은 아닌 듯하다. 제인의 유일한 장애물은 바로 로체스터의 아내 버사 메이슨이었으니 말이다.

만약 아내 버사 메이슨의 죽음이 없었다면 제인은 평생 혼자 살아갔을 것이다. 아내의 죽음 덕분에 제인은 소원을 이루게 된다. 소설가 진 리스는 이를 착목해 『광막한 사르가소 바다』라는 소설을 썼다. 아내인 버사 메이슨이 지독한 이름을 가진 채, 네 발로 기는 짐승으로 묘사되다 마침내 산화되고 마는 것이 불평등하다고 여겼기 때문이다. 진 리스는 왜 로체스터가 그녀와 결혼했는지를 소설적으로 재구성해낸다. 소설 속에서 로체스터는 크레올인 버사가 가진 재산만 노린, 기회주의적인 남성으로 묘사된다. 소설 속에서 로체스터는 비열해지고, 짐승이었던 버사는 비운의 여주인공으로 다시 주목된다.

때로 어떤 행운, 어떤 행복 그리고 어떤 필연은 누군가의 죽음을 필요로 한다. 전처들의 죽음이 없었다면 결코 출구를 찾지 못했을 안나 전처의 죽음이 없었다면 사랑을 이루지 못했을 제인, 모두 다 우연인 것 같지만 소설 속에서 우연은 필연의 다른 이름이다. 성취를 위한 전처들의 죽음, 어쩌면 이는 다른 얼굴의 페미니즘이 거쳐야 했던 수많은 여성들의 피해와 닮아 있을지도 모르겠다.

죽음,
두 번의 삶

우리는 종종 문학 속에서 자신을 죽이고 새로운 자신이
된 인물들을 만나게 된다. 자신의 이름을 버리고 마들렌이라
는 새로운 이름으로 살아가는 이 인물이 그렇다. 그는 가난한
노동자였다. 가난과 배고픔에 시달리다 조카들을 위해 빵 한
조각을 훔친 죄로 징역 5년을 선고받는다. 그러나 그는 네 차
례나 탈옥을 시도하다 결국 19년의 징역을 살게 된다. 그의
이름은 죄수번호 24601. 장발장이라는 이름으로 태어났으

나 죄수번호 24601로 불리었고, 마침내 스스로의 이름을 마들렌으로 고쳐 부르며 새 인생을 살고자 했던 남자, 장발장의 이야기이다.

○

성장하기 위해서는 한 번쯤 상징적인 죽음을 거쳐야 한다고 말하기도 한다. 거의 목숨을 위협하는 원시 부족들의 입사식이나 성년식은 그런 상징의 체화였다. 그런데 때로는 죽음이 사회적 죽음을 의미할 때가 있다. 즉, 신체와 물리적 죽음, 생물학적 소멸로서의 사라짐이 아니라 '나'라는 존재를 완전히 새롭게 거듭나게 하고자 할 때, 사회적 죽음을 선택하는 것이다.

장발장은 성공적인 제2의 자아를 찾았다고 할 수 있다. 다시 세운 자아는 미리엘 주교의 관대함과 자비를 알고, 공장주가 될 만큼 돈을 모으며 시장으로서의 덕망도 쌓는다. 게다가 불쌍한 여인을 몰라봤다는 죄책감을 씻기 위해 그녀의 딸 코제트를 데려다 그녀가 할 수 있었던 것 이상의 사랑과 안녕을 베푼다.

장발장은 탈옥수였지만 적어도 마들렌으로서는 성공한 인생을 살았고, 세상을 뜰 때엔 마침내 장발장의 이름으로 회개하고 속죄를 마친 채 떠났다. 장발장을 버리고 숨어 살았던 그의 인내와 고통이 속죄를 통해 완성된 것이다. 새가 알을 깨고 나와야 하듯, 나를 버려야만 만날 수 있는 내가 있다. 문학은 그리고 영화는 이 새로운 나의 출현을 매우 흥미롭게 변주하곤 했다.

　영화화되기도 한 뮤지컬 〈스위니 토드〉도 그중 하나다. 아름다운 아내를 가진 죄로 벤자민 바커는 악랄한 판사의 악행으로 인해 억울한 누명을 쓰게 된다. 15년 후 벤자민 바커는 자신의 이름을 버리고 스위니 토드로 되돌아온다. 대단한 명성의 이발사 스위니 토드, 그는 나약하고 검소하고 소박했던 소시민 벤자민 바커가 아니라 자신의 억울함을 복수로 응징하는 스위니 토드로 되돌아왔다. 말하자면 그는 과거의 자신, 벤자민 바커를 죽인 셈이다.

　코믹한 상상의 풍자도 있다. 연극 〈살아 있는 이중생 각하〉가 그 전형적인 예시일 것이다. 세상이 자신에게 불리하게 돌아간다고 생각한 속물 이중생은 스스로의 이름에 고인을 붙여, 죽은 사람인 척 한다. 욕심을 채우기 위해 스스로 고인이 되는 것도 불사하는 이중생은 현실 세계에서도 속속 발견되곤 한다. 얼마 전 중국 모처에 살아 있을 것이라고 이야기되던 희대의 사기꾼 조모 씨도 그 중 하나일 것이다.

또 눈길을 끄는 이야기 중 하나는 남편으로부터 벗어나기 위해 혹은 남편에게 복수하기 위해 스스로를 죽이는 여자들의 이야기다. 소설을 원작으로 한 영화 〈나를 찾아줘〉와 〈적과의 동침〉처럼 말이다.

○

1991년 발표되었던 영화 〈적과의 동침〉은 강박적이며 폭력적인 남편을 피하기 위해 스스로 죽음을 연출했던 한 여자의 이야기를 다루고 있다. 대중적으로도 대단한 인기를 끌었던 영화는 사이코패스에 가까운 남편의 손아귀에서 벗어나고자 하는 아내, 그녀를 쫓던 남편을 스릴러와 공포의 문법으로 풀어내고 있다. 죽는 것 외에는 벗어날 길 없었던 여자는 스스로 죽음을 연출해 남편에게서 도망친다.

2014년 개봉했던 데이빗 핀처의 영화 〈나를 찾아줘〉도 마

찬가지로 아내의 죽음으로 시작된다. 결혼기념일 아침 아내가 납치당한다. 영화와 원작인 길리언 플린의 동명 소설 모두 두 명의 화자를 쓰고 있는데, 갑자기 아내가 사라진 공포와 충격에 놓인 남편을 화자로 둔 부분이 전반부라면, 후반부는 아내를 화자로 해 아내의 입장을 서술해서 보여준다.

두 명의 화자가 각각 자신의 입장을 서술하다 보니 〈적과의 동침〉처럼 선과 악, 프로타고니스트와 안타고니스트가 분명히 나뉜다기보다는 관객과 독자에게 적절한 균형감각과 객관적 판단을 요구하게 된다. 가장 문제적인 것은 사실 아내는 죽은 것이 아니라 스스로 행방불명을 연출하고 심지어 죽음까지 연출했다는 점이다. 그렇다면 왜, 도대체, 결혼기념일 아침 아내가 납치와 피살을 연출한 것일까. "나는 어디에 있든 아내의 머리를 알아볼 것이다. 그리고 아내의 머릿속을 생각한다. 그녀의 생각. 그녀의 뇌, 그 속의 수많은 신경 고리, 그 고리 내부를 광란의 속도로 오가는 지네 같은 생각. 마치 아이처럼, 나는 그녀의 두개골을 열고 머릿속을 이리저리 헤집으며 그녀의 생각들을 잡으려고 애쓰는 내 모습을 상상한다. 에이미, 무슨 생각 하고 있어?" 남편 닉 던의 이야기로 시작되는 1부에서, 그는 아내의 머릿속을 궁금해 한다.

반면 아내의 이야기로 서술되는 2부의 시작은 완전히 다르다. "나는 죽었다. 그래서 훨씬 더 행복하다. 엄밀히 말하자면 실종된 거지만, 곧 죽은 것으로 추정될 것이다. 하지만 편의상 죽은 것으로 하겠다. 몇 시간밖에 되지 않았지만 벌써부터 기분이 나아진다."

말하자면, 아내 에이미 엘리엇은 에이미 엘리엇이라는 인물, 자기를 살해한 셈이다. 심지어 살해 증거로 만들어놓은 자욱들은 범인이 남편인 닉 던이라는 의심으로 수렴되게끔 설계되어 있다. 아내는 지금, 자신을 예전처럼 사랑하지 않고, 자신과의 관계가 처음같지 않은 남편에게 복수를 계획하고 있다. 남편을 살해범으로 몰고, 자신은 닉 던과 관계없는 완전히 다른 인물로 새로운 삶을 살아가고 싶은 것이다.

그녀가 죽이고 싶어 하는 에이미는 "세상에 존재하지 않는 여자"다. 말하자면 에이미는 언제나 스스로의 인격을 가장하는 데 이골이 나 있는 상태였다. 결혼하기 전에는 부모님이 원하는 페르소나로 살았고, 한창 닉을 만나던 시기에는 닉이 원하는 쿨한 여자로 굴었다. 쿨한 여자는 섹시하고 똑똑

하고 재미있는 여자라는 의미다. 핫도그와 햄버거를 먹어 대면서도 44사이즈를 유지하는 여자, 남자들의 더러운 농담도 웃으며 받아치고, 싸구려 맥주를 마시며 남자를 이해하는 그런, 드라마 속 주인공과 같은 그런 쿨한 여자 말이다.

소설과 영화 〈나를 찾아줘〉는 결국 누군가가 거짓을 말하고 누군가는 진실을 말함으로써 독자와 관객에게 하나의 사실을 전달한다. 즉 우리가 스릴러, 범죄물이라고 부르는 서사의 결말에서 크게 다르지 않다. 하지만 한 가지 주목을 끄는 것은 그녀가 죽이고 싶어 했던 게 남편이 아니라 바로 자기 자신이었다는 사실이다. 게다가 그 자신은 자기동일성을 가진, 그러니까 안으로나 밖으로나 나 스스로에 의해서 형성된 '나'가 아니라 타자의 시선과 타자의 기대를 통해 길러진 '여자다운 여자'다. 타인의 시선에 만족되기 위해 자신을 관리하는 여자. 취향, 체중, 직업 모든 것이 타인의 시선에 의해 지배받는 여성의 대명사가 바로 에이미인 셈이다. 그래서 남들에겐 적어도 완벽한 여자로 보이는 여자, 그러나 속은 텅하니 비어 있을 뿐만 아니라 끔찍한 계획과 자기 관리로 가득 차 있는 여자 말이다.

○

어떤 점에서 여성은 영화 속에서 언제나 두 번 죽는다. 알프레드 히치콕의 영화 〈현기증〉처럼 말이다. 자신이 알고 있던 완벽한 여성 매들린을 기억하고 있는 남자는 그녀와 닮은 여성을 만나 매들린과 똑같이 만들고자 한다. 그런데 놀라운 것은 사실 매들린을 닮은 주디가 바로 매들린이라는 점이다. 매들린의 유산을 빼돌리기 위해 매들린의 남편과 공모해 주디가 매들린을 연기한 것이다.

그러니까 남자, 스카티가 만난 여자는 주디라는 이름을 가진 실물이다. 하지만 영화를 보자면 스카티가 사랑하는 것은 주디가 연출하는 또 다른 의미의 쿨한 여자, 약간의 히스테리를 갖고 불안한 매력을 풍기는 여자 매들린이라는 것을 알 수 있다. 스카티는 실물이 아니라 자신이 투영한 이미지, 실제가 아니라 연출된 허상을 사랑한 것이다. 즉, 매들린이 떨어져 죽는 순간 그녀는 극단적인 이상의 자리에 오르고 만 것이다.

그러니 여자는 두 번 죽기 마련이다. 남자의 허상을 채워주는 여자는 현실의 시공간 안에서 자꾸만 허상을 벗어간다.

그때 비록 물리적으로는 살아 있지만 여자는 죽게 되는 것이나 다름없다. 남자가 원하는 여자로 연출된 여자는 진짜 여자가 아니다. 그러므로 어쩌면 연출된 여자가 있다면 그녀는 언제든 새로운 자아로 바뀔 수밖에 없을 것이다.

죽음은 예술이 된다

2017년 8월 9일 1판 1쇄 인쇄
2017년 8월 18일 1판 1쇄 발행

지은이   강유정
사진   한민희, 배준걸
펴낸이   한기호
편집   오효영, 유태선, 김미향, 염경원
경영지원   김나영
펴낸곳   북바이북

출판등록   2009년 5월 12일 제313-2009-100호
주소   [121-839] 서울시 마포구 서교동 484-1 삼성빌딩 A동 2층
전화   02-336-5675
팩스   02-337-5347
이메일   KPM@KPM21.CO.KR

ISBN 979-11-85400-72-3   03800

「이 도서의 국립중앙도서관 출판예정도서목록(CIP)은 서지정보유통지원시스템
홈페이지(http://seoji.nl.go.kr)와 국가자료공동목록시스템(http://www.nl.go.kr/kolisnet)에서
이용하실 수 있습니다.(CIP제어번호: CIP2017019692)」

북바이북은 한국출판마케팅연구소의 임프린트입니다. 책값은 뒤표지에 있습니다.

WWW.KPM21.CO.KR